U0115237

文學研究叢書・現代文學叢刊

藝術・文物・倫理

——沈從文的博物文化之旅

陳慧寧　著

僅以此書紀念沈從文誕辰一二〇周年

推薦序一
現代身影的當代張力
讀陳慧寧新著《沈從文的博物文化之旅》

中國現代文學由發軔迄今已逾百載。就地緣和時間劃分段落，一九四九年似是合理的一條界線。然而，即使將此界線推後十年，此分界仍是前短後長。文學史家乃向更前階段（晚清）挹注，使「現代文學」的準備階段形神繁茂、篇幅宏闊。劉鶚、林紓、梁啟超、王國維等人物顯得地位突出，而古文修養深厚、涉獵西學而直接過渡「現代」的魯迅、周作人等，更是焦點中的焦點。

語境轉移，論述隨之變化。探求上世紀二、三十年代眾多大師的視野，「文學乃社會生活之反映」已無多人用武之地。文本形式的探索、與外國文學的比較、流派和譜系、文類縱橫的影響等，形成二十世紀中國現代文論的多種多樣，其中挪用外國文論（哲學、語言學、心理分析學、敘事學）已成學者競尚之風。作家的研究向「內」轉也很明顯。傳記學為社會意識平添新視角，文學評論注意到作品內外更多的文本領域，在自由和制約中形成各種框架和文本張力，促進了對作家更深層次的理解。

陳慧寧博士主力現代文學研究，她的新著以沈從文為重心，並附論魯迅、周作人、林語堂等幾位大家，方法和論點頗可足道。陳博士以沈從文的遊歷和文物研究作為框架，審視作家的創作心態，以求更好地掌握他小說創作的精神。《沈從文的博物文化之旅》一章勾勒出沈氏在中國服飾研究背後的藝術人格，解釋了作家如何把握和展示文物和文學所共通依存的樸素美和人情的真。《沈從文和歷史博物館》

從作家在川江的體驗貫串他投入文物研究的心路歷程，印證作家雖經受「沈默」、「改業」的現實，在接近了「運動中的自然」後，可與他早年寫作《邊城》等一系列表現湘西「風景畫」之美的心境遙相呼應。由此歸結到《對沈從文的別一種理解》，印證沈氏為人樂道的「恰當」、「貼著人物來寫」、「創作與水的關係」等創作觀念與其生命體驗息息相關。

假如說文本仍未失去魅力，到世紀轉折，魯迅作品也同樣經歷一次又一次的敘事檢視，而削足適履、屈折原文以應西方方法學的論述，無助於經典向年輕一代讀者的展現。陳博士的兩篇論文有意避免陷此窠臼。在《魯迅〈祝福〉中的我》中，她不僅借布斯《小說修辭學》中「隱含作者」的觀念申明「我」的虛擬身分，還指出魯鎮是體現祥林嫂受虐悲劇的空間。在《試論魯迅〈在酒樓上〉的「氣味」》中，陳博士借「隱含作者」與「真實作者」的差別探討「我」與呂緯甫二者之間的關係，而為敘事學者忽略的人文背景恰正是論文著力之點。研習中國現代文學尤其「京派」作家，能有廣泛的文化素養越能得心應手，此所以魏晉風度、越文化、復仇觀念乃至槐樹棗樹等種種氣氛烘托，皆足以建構魯迅這位「文化英雄」的偉岸身影。

「論語派」的林語堂在文學見解上跟周氏兄弟和沈從文有同有異。論文章主張真誠清淡與周作人同調，但幽默為文卻為魯迅所不屑，「費厄潑賴」更導致二人分道揚鑣。沈從文對生命偏向悲情的書寫也非林語堂語帶風趣的文風一致。然而浸淫中西文化讓林語堂更能優游不迫地看待宇宙人生。在《文學清單實踐應用探索》，陳博士敏銳地指出林氏製作「文學清單」目的在打破寫作規程，羅列各種情況以供讀者和用家參考選擇。這也是得諸古今名士博雅幽默的風尚，印證了中國現代文學確實應取中外古今之長，在各種事理和情況中通透盤點，揭示比較，始足以獲取文學革新的方位。陳著雖不涉及當代作

家，卻呈現了現代大師的當代性，使當今作家也因此添加了一份延續感和張力。

依隨大師身影，回看他們走過的道路，所得不應是疲乏而是重新得力，不是既走上擠迫不堪的研究平台、又得打開不會冒失今人創意的安全閥。反之，卻應是多方位的重新估量和探索，尤其是社會和文化如何建構作家的創作思維。陳慧寧博士這部新書在既有的學術成果上還具有一新耳目的見解，足以在壅塞的學術文獻之外開出一道清流。

陳德錦

二〇二二年一月十日

推薦序二
藝術源於生活

　　接到陳慧寧老師的邀請囑咐我為她的新作《藝術、文物、倫理》寫序，委實感到訝異和愧不敢當，論輩分我是陳老師的學生（不過她比我年輕得多，因為我是為了補學位而上她的課。），況且我不是專業研究新文學，更加添我的誠惶誠恐，不過由於老師的吩咐只有從命，其實她邀請我的原因：雖然事隔十多年，她仍記得我從小就喜歡沈從文，可見她對學生的個別關懷非常足夠。

　　一口氣閱畢全書，我得到三點啟迪：

　　首先是藝術源於生活，沈從文的學生汪曾祺曾表示：他們師生的共同點，就是從小喜歡到處走，東看看、西看看、看到的全是生活日常，特別是官能接觸的多樣性大自然。尤為重要的是沈從文經常提醒汪曾祺要「貼到人物來寫。」意思是經過揣摩良久以後，提筆「緊緊地靠近人物的感情、情緒，不要置身在人物之外。要和人物同呼吸，共哀樂，拿起筆來以後，要隨時和人物生活在一起。」可見沈從文的作品特別是《邊城》（唯一的中篇小說）往往緊扣人物的整全性（包括思想、感情、關係……）可見藝術作品與平凡生活聯結的重要性。正如朱光潛在《談美》一書談到：「離開人生便無所謂藝術，因為藝術是情趣的表現，而情趣的根源就在人生。」

　　其次是由於他的作品與人物緊緊地契合在一起，創作是全然集中，絕無分心。正與我國自古以來 ，重視「詩言志」，乃至「情動於中而形於外」的詩教精神相吻合，而孕育情的空間來自大自然，沈從文生活於農村，特別是湘西優美的風景，如國畫般的藝術境界，正好

為他提供情景交融的藝術高峰。

第三方面是由於政治改變，沈從文後來放棄文學創作改為文物研究，以往我常為他的斷層而可惜。陳老師除了提出他是基於「覺解」（自覺地了解）實踐自己的生命智慧之外，更是建立「抒情考古學」，由於沈從文透過抒情的特質，幫助他「自我反思的詩情，也是指他對中國人浮沉在時間之流的情感回應。」（王德威語）可見他晚年研究文物，不單沒有斷層，反之將他對人類的生活、大自然的情懷，提升至更高的藝術境界。

時間恰似流水，在歷史洪潮之中，沈從文秉性質樸，崇尚自然，他以優美文字，連結古今國人情懷，為文學藝術注入新生命。

翁傳鏗

二〇二二年一月十三日

自序

　　《藝術・文物・倫理》是一種智性努力的組成部分，旨在將傳統文學、民間文化和西方文學之間所產生的作用呈現出來，供讀者進行反思和嘗試。這種努力是要鬆動現代文學對想像和知識的控制，並創造更好地了解二十世紀文人的世界，並生活在其中的空間。過去四十年間，數代學者和藝術家一直在從事這種努力。它也一直是我智性生活的核心關切。

　　在個人專著的後記裡，曾提到這麼一段話，「沈從文其人其文的命運和圍繞在他身邊的文人之間的關係千絲萬縷，引起了我無限的思考。他生命經歷的種種和對文學事業的理想，甚至文物服飾研究的專心致志，使我充滿好奇而有發掘不盡的素材。」時隔多年，這本探討沈從文博物文化的專書，也迎來了對沈從文文學藝術與文物本身如何不斷的在發展、變化、矛盾和重造的時機，繼續自我更新。同時，藉由不登大雅之堂的雜文物，也必然引起對沈從文後半生事業的興趣，誘發想像以內或想像以外的新生。

　　有一種常識讓我們相信，良好的意願足以證明沈從文行動的道德性。他在新中國成立後的複雜性思考能夠面對整體的和根本的問題，觸及存在的意義，增強認知的智性能力和敢於擔當的行動勇氣，以填充信仰缺失、文化枯萎和庸俗消費留下的空虛。

　　本書以沈從文的物質文化史研究為標誌性特點，自我、文學、藝術、文物、倫理、走入歷史文化深處的選擇和實踐，這些不同的面向，一個人用他的生命貫通起來。這個生命有很強的連續性和推動

力，有跡可尋；這個生命又很倔強和頑固，如同「無從馴服的斑馬」。生命方方面面的展開和實踐，不可能在封閉的地志空間的內部完成，他總是和置身其中的社會、時代發生各種各樣的關係，並以極大的適應力發生變化。

隨著關注沈從文後半生生活的書籍陸續出版，書寫沈氏物質文化研究的背景和經歷也逐漸廣為人知。張新穎於二〇一二年寫過一篇〈沈從文與二十世紀中國〉，意圖想用沈從文的例子，突出與二十世紀中國的關係這麼一個問題意識，讓人能夠注意、思考和討論。他在二〇一四年出版了專書《沈從文的後半生：1948-1988》，這部傳記特別著力於呈現沈從文後半生漫長而未曾間斷的精神生活。同年，南開大學文學院李揚教授，出版了《沈從文的家園》，對沈從文四十年代以後的思想變化與心靈歷程進行了解讀，展現一個更為豐滿的沈從文形象。

王德威的專文〈沈從文的三個頓悟〉，收入在二〇一七年出版的《史詩時代的抒情聲音：二十世紀中期的中國知識分子與藝術家》，深入剖析沈從文一九四七至一九五六年間的心境，並且透過沈從文的「三次啟悟」關鍵，論述沈從文的抒情方案如何與社會主義唯物律令發生衝突，又如何謀得出路。同時，試圖探究沈從文後半生投身中國服飾史研究的因由。王德威認為沈氏鑽研古典工藝、器物、織品長達四十年，從中摩挲抽象與物質、歷史與虛構的意義，終將他的思考結晶為獨特的抒情論述。

從文本空間的角度看，《沈從文全集》包括小說文本、書信文本、自我檢查文本、物質文化文本、被教育和自述的個人傳記，它們見證並闡明沈從文雜文物蒐集與旅行相關書寫的不同側面。他在這個「萬千人在歷史中而動」的群體裡頭獨善其身，透過自己靜觀的

過程和發現的情景,獨自做他自己的「小蝦子」[1]。張新穎形容上世紀六十年代、七十年代時的沈從文在越來越艱難,境況越來越惡劣,下放到湖北之後連最起碼的研究條件都喪失了,還念念不忘他的雜文物。他帶著一身病,憑著記憶寫文章。甚至投注生命的熱情,自顧自撈那小小的蝦子。

吳福輝在九〇年代的一篇專文裡提到「沈從文小說詞句短峭、單純、隨意而富靈性」,這是小說語言散文化的特質,而造成散文化的效果,自然是「講述」的話語,對話與動作處處顯得戲劇化。這個特色無疑也顯現在沈從文書信文本的話語中。在堅持文物配合文獻的信念之下,探勘古代人民的原生態生活,了解中華民族民俗習性。物質文化的成就貢獻背後,就是沈從文能以無限的「耐煩」與「堅韌」,透過寫信的形式,凝聚歷史長河的宏偉張力,帶出撼動的生命情節,將艱深沉悶的考古文物資料,轉化成和靈動巧妙的小說一樣,具有散文化的效果。

沈從文喜歡寫信給親友,我有幸以更新的角度和細讀的方式重讀《湘行書簡》。書簡主要是由五十封信構成的。[2]進一步細讀這些信件,可以清楚地看到沈從文在寫信的過程中,往往多次穿插歷史回憶和聯想。我們應該看到,無論是《從文自傳》或是《湘行書簡》,在談及歷史記憶的地志空間、社會空間與故事組成的作品裡,這兩種屬意鄉下人生命形態的生活空間並非是截然分開的,而是相互聯繫著的。而巴舍拉空間理論的一些概念恰巧能提供審視沈從文書簡的文化生態下夢與回憶的意義。透過人物生活在一定的地志空間和社會空間

1　這是沈從文一九五七年五月二日寫的〈致張兆和〉的信,信中有這麼一段:「聲音太熱鬧,船上人居然醒了。一個人拿著個網兜撈魚蝦。網兜不過如草帽大小,除了蝦子誰也不會入網。奇怪的是他依舊撈著。」《沈從文全集》第二十卷,頁177-178。

2　書簡內容還包括「引子」為張兆和致沈從文的三封信,在「尾聲」另附有沈從文致沈雲六的一封信。

當中，人物所處的社會空間不可能脫離地志空間單獨存在。

《從文自傳》貫穿沈從文「一切官能的感覺的回憶」，這和他自己經常強調「使平常人的眼不注意到的一個創作者卻不單是有興味去看，他還有用鼻子去分別氣味，用手撫觸感覺堅弱，用耳辨別音響高低的種種事情可作。」[3]才能產生動人的作品。沈從文強調的是用各種官能向自然中捕捉各種聲音，顏色同氣味，向社會中注意各種人事。脫去一切陳腐的拘束，學會把一支筆運用自然，在執筆時且如何訓練一個人的耳朵、鼻子、眼睛，在現實裡以至於在回憶同想像裡馳騁。[4]這種藉由自然風物訓練五官的方法，與蘇軾對於繪畫和詩歌「天賦匠心」的標準有類似的取法。

蘇軾對於繪畫技巧，最為自信的陳述是：「高人豈學畫，用筆乃其天。譬如善游人，一一能操船。」此詩最後一聯出自《莊子》〈達生〉的故事，說的是一個渡船人「操舟若神」，別人問他操舟是否能學，他回答善游者就能做到。這個寓言意在說明，對於善游者來說，進入水裡就像回到家裡那般自如，以至於忘記身在何處。

沈從文的取法前提是「忘掉個人出名，忘掉文章傳世，忘掉天才同靈感，忘掉文學史提出的名著，以及一切名著一切書本所留下的觀念或概念。」[5]因此，沈從文書寫自己成長與自然風物的關係時，家鄉故事在意境化敘事之下，幾乎如蘇軾所說的「善游人」回到家裡那樣自如。他是徹底融通於個人的「道」（對生活與藝術的正確態度）與「藝」（藝術或技巧、技藝）。

這「道」的展開，對沈從文來說，在〈關於西南漆器及其他〉一文中對記憶的描寫，就顯得渾厚而充實，並且指向著「絢麗」這一方

3　沈從文：〈連萃創作一集序〉，（《沈從文全集》第十六卷，頁316。）。
4　沈從文：〈《幽僻的陳莊》題記〉，（《沈從文全集》第十六卷，頁331。）。
5　同註4。

向。整個景物變成有富有意味的「風景」，如這一段：

> 初有記憶時，記住黃昏來臨一個小鄉鎮戍卒屯丁的鼓角，在紫
> 煜煜入夜光景中，奏得又悲壯，又淒涼。春天的早晨，睡夢迷
> 糊裡，照例可聽到高據屋脊和竹園中竹梢百石畫眉鳥自得其樂
> 的歌呼。此外河邊的水車聲，天明以前的殺豬聲，田中秧雞，
> 籠中竹雞、塘中田雞……一切在自然中與人生中存在的有情感
> 的聲音，陸續鑲嵌在成長的生命中每一部分。這個發展影響到
> 成熟的生命，是直覺的容易接受偉大優美樂曲的暗示或啟發。[6]

感官描述與文字—音樂—繪畫之間，突顯音樂與美術對沈從文的
教育和啟發，文中也有一段敘述「和音樂關係二而一，我能從多方面
對於一件美術品發生興味，一個有風格有性格的優秀美術作家，他工
作他似乎樂於有這種鑒賞者或評判者。有一點還想特別提出，即愛好
的不僅僅是美術，還更愛那產生動人作品的性格的心，一種真正
『人』的素樸的心。」[7]

沈從文與音樂美術「二而一」的關係，如同蘇軾在北宋文同[8]的一
幅畫的題詩中，提到的藝術創作就是將自我與對象融合，達致二而一：

> 與可畫竹時，見竹不見人。
> 豈獨不見人，嗒然遺其身。

6　沈從文：〈關於西南漆器及其他：一章自傳——一點幻想的發展〉，同注28，頁21。

7　同上注，頁23。

8　文同（1018-1079），北宋畫家。字與可，自號笑笑先生，人稱石室先生等。梓州永
　　泰（今四川鹽亭東）人。善詩文書畫，擅畫墨竹，畫竹葉創深墨為面、淡墨為背之
　　法，主張畫竹必先「胸有成竹」。繪畫雖以花竹草木為主，但以畫竹最受後人尊崇。
　　蘇軾畫竹受他影響頗大。

> 其身與竹化，無窮出清新。
> 莊周世無有，誰知此凝神。[9]

蘇軾用了「嗒然」和「凝神」描繪藝術創作時的入定狀態。這種對藝術創作的闡釋，也出現在《莊子》〈達生〉梓慶削木為鐻的故事裡。裡面的短語「以天合天」，說的是木匠的天性已經融入木頭的天性中，所以創造出完美的作品[10]。

沈從文雖不致創造完美的故事，但是文字少，故事又簡單。……這種世界即或根本沒有，也無礙於故事的真實。由此看來，沈從文物質文化史的研究，所關注的東西與一般文物研究不同。他是抱住「謙退虛和，容物容人」的態度，關注的是千百年來普通人民在日常生活中的勞動、智慧和創造，這當中有人有物的故事。沈從文的天性已然融入到民間的、普通人的、自然的世界。所以才「從一個鄉下人的作品中，發現一種燃燒的感情，對於人類智慧與美麗永遠的傾心，康健誠實的讚頌，以及對愚蠢自私極端憎惡的感情。」[11]

固然，作為鄉下人眼中的湘西、川南自然風物，無不黏帶著沈從文個人的審美取向和情趣。或借用《一個戴水獺皮帽子的朋友》中主人公觀景時的話：「這野雜種的景致，簡直是畫」來說明，真是恰到好處。「野雜種」這詞兒，去掉其粗俗的成分，倒不失是一個對「景致」的最佳評判：「野」代表了自然的野性，絕不是人工的；「雜」是用來修飾「種」的，但也可以分開來理解，因為「野」，所以「雜」，雜七雜八沒有梳理，是最純粹的原始狀態；「種」是根，是自然萬物賴以生息之本，根不深，則葉無茂。

9　蘇軾：《集注分類東坡先生詩》，第五冊，卷11。
10　參見《莊子》第十九卷，第四冊，卷7。
11　沈從文：〈習作選集代序〉，《沈從文全集》第九卷，頁3、6。

　　大自然是人的根，「野」和「雜」是大自然的根，所以「野」、「雜」才是良「種」。這樣解釋也許是對沈從文博物文化，以至雜文物收藏、鑒定等等的一種精簡描述。但作品主人公「簡直是畫」的讚美，卻是最內行、最精闢、最有張力、最有意境的判斷。因此，意境化的敘事，是作者描述湘西，以至川南自然風物，使其有「畫」的文化品格。

　　本書第一章至第六章主要敘述沈從文文物事業的源由與過程，在文學藝術與文物基礎之下，探討歷史文物知識的形成與實踐。加深理解沈從文對文學藝術、歷史文物，甚至湘行之旅的地志空間與社會空間的關係。嘗試以歷史、空間、博物與知識為媒介，窺探沈從文在人生形式上是如何貫通文學與文物知識，並以抒情詩人的氣質，培植主體文學藝術的內涵。

　　附錄的五篇論文，從不同的角度切入探討的有魯迅作為隱含作者與傳統文化，周作人情志與陶淵明、顏之推的關係和汪曾祺的文學自傳。沈從文是收藏家，對累積和無窮盡的文物資料情有獨鍾時，自然會有個人的清單。作為實驗性書寫的〈文學清單〉，通過試筆形式，以林語堂為例，帶來「潛在的無限性」。

　　本書部分內容曾於二〇二一年三月至五月間在香港《明報：副刊世紀版》以專題形式發表。

　　詩人趙瑞蕻在懷念師友的詩中，獻給沈從文的詩最多，共計十三首。《贈沈從文師》一開始就稱讚沈從文的微笑，說他「微笑著三十年代這樣，如今八十年代了，他仍然微笑著」。之後另一首題為《沈從文的微笑》，又重複了這兩行詩，可見這個微笑給詩人的印象是多麼深刻。沈從文經歷了六、七十年風雲變幻的歲月，描繪了故鄉的風土人情，潛心研究並欣賞祖國的文物美術，他前半生的文學創作以及後半生的學術論著，都洋溢著他的微笑，他之所以能夠如此，是由於

他永遠保持童心，他的「赤子之心，願人世充滿崇高理想。」

感謝李啟文、潘秀英、麥超美、司徒佩英、魯士春、容愛梅與我的交談以及對本書出版的關注；感謝一班老朋友佩君、慧敏、韻玲、秀鳳、薇莉、婉嫦、秀娥陪我度過多少個寒暑，不過最重要的是感謝他們永恆的友誼；感謝喜愛沈從文作品的陳德錦老師和翁傳鏗牧師，他們給予我慷慨無私的幫助，不僅通讀本書各章，而且義不容辭寫序。我親愛的母親鄔春蘭女士、婆婆楊健茵女士、兄弟虎寧、耀寧和女兒愷蕎，我的伴侶極珍貴的對話者徐軍，感謝他們多年來的付出與關懷。

二〇二二年元旦於香江

目次

第一章
一切以《從文自傳》談起

　　據沈從文（1902-1988）晚年在《湘西散記》〈序〉中回憶，念茲在茲動筆寫《從文自傳》時[1]，正值是自己一生生命力最旺盛的那幾年。並且憶起在一九三一年夏秋之間，僅用了三個星期時間，便已完成全書的寫作。沈從文當時經徐志摩推薦，到楊振聲任校長的青島大學任教[2]。教書之餘，確實度過一生中難得的悠遊寫意的生活。此篇序文中有一段文字，濃縮敘述了自己重要的前半段由頑劣憊懶到教育學習的生活。或許，我們可以從中窺探沈從文的文化生命形態，如何從「獨立自主」的做人原則，感受其耐煩堅韌的生活態度。也知道他為何強調運用五官通感，培養對自然欣賞的敏銳愛好。

　　　　前一部分主要寫我在私塾、小學時一段頑童生活。用世俗眼光
　　　　說來，主要只是學會了逃學，別無意義。但從另一角度看看，
　　　　卻可說我正想盡方法，極力逃脫那個封建教育制度下只能養成
　　　　「祿蠹」的囚籠，而走到空氣清新大自然中去，充分使用我的

1　《從文自傳》一九三四年七月由上海第一出版社初版，一九四一年經作者校改後，一九四三年十二月開明店出版了本書的改訂本。此外，自一九三五年以來，良友圖書印刷公司、開明書店、上海中央書局、人民文學出版社、重慶出版社等選印行過多種不同版本；自一九三六年以來，本書多次被編入作者的不同文集內出版；一九八〇年八月，《新文學史料》從第三期起，分三次重新全文發表這部作品。二〇〇二年北岳文藝出版社《沈從文全集》據開明書店改訂本編入。

2　沈從文在這一學年開設的課程有中國小說史和高級作文。斷續完成的小說〈三三〉，發表在《文藝用刊》第2號第9卷，參看吳世勇編：《沈從文年譜》（天津市：天津人民出版社，2006年），頁115-116。

眼、耳、鼻、口諸官覺，進行另外一種學習。這種自我教育方法，當然不會得到家庭和學校的認可，只能給他們一種頑劣憊懶、不可救藥印象，對我未來前途不抱任何希望。所以在我尚未成年以前，我就被迫離開了家庭，到完全陌生社會裡去討生活。於是在一條沅水流域上下千里範圍內，接受嚴酷生活教育約五年，經過了令人難於設想的顛連困苦、窮餓流蕩又離奇不經的遭遇。從這個長長過程中，眼見身邊千百同鄉親友糊裡糊塗死去了，我卻特別幸運，總是絕處逢生，依舊能活下來。既從不因此喪氣灰心，失去生存的信念，倒反而真像是讀了一內容無比豐富充實的大書，增加了不少有用的「做人」知識。且深一層懂得「社會」、「人生」的正確含義，更加頑強單純走我應走的道路，在任何情形下既不會因生活陷於絕望而墮落，也從不會因小小成就即自足自滿。這份教育經驗，不僅鼓舞了我於二十歲時兩手空空來到北京城，準備閱讀一本篇幅更大的新書，同時還充滿了童心幻想，以為會從十年二十年新的學習中，必將取得嶄新的成就，有以自見。就這麼守住一個「獨立自主」的做人原則，絕不依傍任何特殊權勢企圖僥倖成功，也從不以個工作一時得失在意，堅持了學習二十五年。[3]

《從文自傳》細膩的記錄了沈從文由蒙昧走向覺醒，生命形態如何從「自在」邁向「自為」，然後在「自然」過程中找到興趣志業的生活。這個以詩、散文與小說融合一體的傳記式寫作，經由一個個生動的故事組成。在這個稱為「方志式」散文作品裡，再現了湘西的山川景物、民情風俗、原始遺跡、地理物產、現實人事和文學藝術。可

3　沈從文：《湘西散記》〈序〉，(《沈從文全集》第16卷，太原市：北岳文藝出版社，2002年)，頁387。

以說，成為讀者了解和認識湘西歷史與現實的一個窗口。沈從文在此基礎上撮合了一個又一個的人生場面，形成了筆下人物或個人豐富情節又特殊表現「人生形式」的生命傳奇。此外，有學者認為《從文自傳》是一個「發現自我」的過程[4]。這個自傳講的就是一個「得其自」的過程，即是敘述自己生命來路的過程，由這樣的來也就找到和確立了這樣一個自我。這不是回顧，而是面向將來，是為應付將來各種和樣局面而準備好的一個自我[5]。

而談沈從文的博物文化，不能不提《從文自傳》。《從文自傳》成書於一九三二年，回憶性的文字，有些是作者親身經歷，有些是作者觀察複述過來的故事。就如班雅明所說的：「事實上，當一個人複述一個聽過來的故事，能使故事保持不被解釋，這就幾乎是說故事的藝術了。」這裡的重點是經過多年以後，有些故事能保持不被解釋，就幾乎達到說故事的藝術了。因此，要了解沈從文繪畫美術觀的形成，《從文自傳》是很重要的文本，它提供作家就個人記憶，從「別具一格，離奇有趣」的少年成長，經歷生活沉重和辛酸的種種遭遇，感受作家如何承受體力和精神兩方面的挫折和創傷的生命發展過程。當然，重要的還是作家當時嘗試不斷變換作品的內容和形

4　劉志榮認為「在發現自我之後，沈從文文學真正有了一個『象』，他所感受到的很多東西也都出來了，他的文學也真正表現出很多和當時人非常不一樣的地方──這些不一樣的地方，有一個核心，而這個核心，其實對理解沈從文來說正最為重要的。而且，只有由此出發才能理解後來沈從文的那些思想。因為作為文學家，他感受到了一個大的東西，這個大的東西一直是他後來思想的一個背景。」支撐這個思想的就是一個文學的背景，這就可以知道他在四十年代會很痛苦的想很多問題。因為他感受到的東西，比別人大得多，也豐富得多。看張新穎：《沈從文九講》之〈對話空間：沈從文與二十世紀中國〉（北京市：中華書局，2015年），頁7。

5　張新穎認為這個自我不是事先預設好的，那個寫作方式是要「沿路追溯自己生命的來歷」這樣一個比較實在的，正當寫在自己事業的出發點上，為自己的事業準備好這麼一個人。同上注，頁9。

式，用不同方法處理文字組織故事，進行不同的試探。

在現象學中，有所謂知識起始於主體性（subjectivity）的說法。在以沈從文作為「知識主體性」來看，他就屬於現象學上知識的起始點。任何一個凡夫俗子，都會被當成賦予世界（客體）意義的知識性主體看待，以宣稱他或她的主體性。梅洛-龐蒂（Maurice Merleau-Ponty）的主體性意指對一個現象賦予個人意義，了解每一個人類個體都有他對真實的觀點，而此觀點是受到其經驗所形塑。現象學家相信主體「我」是客體（世界或經驗）的中心，因為「我」是理解世界給予意義的人。因此，「我所有關於世界的知識，甚至是我的科學知識，都是取自於我的特定觀點」。我們需要採用詮釋探究的形式，將沈從文為詮釋現象學所提供的「頓悟」（insight），並非僅是呈現在覺察中已經自證的部分，而是藉由延伸、引出、喚起與發掘那些被隱藏或埋藏在公諸於世的現象中或其周圍的部分。換言之，沈從文在物質文化研究過程所做的整理、彙集、考證和編撰等工作，是一種挖掘、揭露與解釋的動作，可被稱為「詮釋的挖掘與闡明」。

相較於 Gadamer（高達美／加達默爾）以「交談」為範式[6]，Paul Ricœur（呂格爾／保羅‧利科）轉變以「文本」為範式，因為他認為交談稍縱即逝，然而在時間中會存留下來的，則是文本。Paul Ricœur 認為人的一生都在時間中存在，存在包括著人生的故事，如苦難、死亡、忠誠、背叛、界限狀況等。他甚至認為，說故事基本上是一種表白與說出歷史性的一種方式，透過人的歷史性，人得以在歷史中開展

---

6 Gadamer（高達美／加達默爾）主張，要與藝術作品、歷史或經典做交談；而且這種交談是互為主體性、反覆、辯證性的，境域交融才會發生，真正的理解與傳釋（詮釋）才會出現。而這種理解，才會帶來行動力，進行超越、改變與開創未來新的歷史。而真理也由此而得以開顯。參看洪漢鼎譯：《真理與方法》，臺北市：時報文化，1993年。

存有,而且,透過自傳式的敘事文直接指向了敘事者的存在與其對自己所經驗之世界的詮釋。由此,時間、敘事與存有就被聯繫起來。[7]

誠然,《從文自傳》正是透過一種時間、敘事與存有的方式表白個人與歷史的關聯,我們可以看到沈從文自傳體的文本,在時間與空間的接洽點上,敘事的同時,敘事主體反思生命存在的價值。而沈從文不諱言自己看一切,卻並不會把個社會價值擾加進去,更不願向價錢上的多少為百物作一個好壞批評,只是願意考查它在個人官覺上是否引起愉快。所以,沈從文說他不厭倦的「看」一切,相信要在「明白一切同人類生活相聯結時的美惡」中作出選擇的話,他明顯的會選擇其「最美麗與最調和的風度」。

我們透過現象學的觀點進行藝術與文物知識建構的同時,有必要從繪畫美術的角度理解沈從文的創作經驗,因為這是奠定他後期物質文化史鑒賞研究的基礎。在這項研究中,現象學同樣可以引出和喚起「知識主體性」的沈從文後期棄筆從物(文物)行為的審美價值判斷。它將幫助筆者從獨特視角切入其繪畫美術理念的淵源,突顯他的生活經驗與意義。

《從文自傳》內容涉及沈從文前半生經歷,此書出版後一直深受讀者喜愛,並曾被老舍和周作人稱為最喜愛的書。它之所以受歡迎,除了作家透過說故事的方式,帶出地方樸素的人性光輝與光怪陸離的人事糾結之外。還因為憑藉此書,加深讀者對沈從文「鄉下人」生活的了解,他在《從文自傳》〈附記〉中寫到:

---

7 呂格爾(Paul Ricœur)接承著海德格與高達美,提出了敘說/敘事/故事(narra-tive)作為落實達到真理開顯的具體方法。在故事中,海德格所要的時間性,自然要出現。而故事若能說得好,歷史感與美感,也就會顯現。因而敘事/敘說/故事,就將存有─時間─真理─方法都串通在一起了。參看沈清松:《呂格爾》,臺北市:東大圖書公司,2000年。

只有少數中的少數，真正打量採用個歷史唯物主義嚴肅認真態度，不帶任何成見來研究現代文學史的工作者，對他們或許還有點滴用處。因為借此作為線索，才可望深一層明白我一九二五年「良友」印的《習作選題記》、《邊城題記》，一九四七年印的《長河引言》及一九五七年《沈從文小說選題記》中對於寫作的意圖和理想，以及尊重實踐、言簡意深的含義。再用來和我作品互相對照，得到的理解，必將比前人認識明確、深刻而具體。

這段文字除了表達沈從文的寫作理想和意圖之外，還為他此後物質文化研究提供部分注解。文化遺跡對於他理解生命的影響，始於他對傳統抒情文化（traditional lyrical culture）「尊重實踐、言簡意深」意識，以及《楚辭》之中少數民族的神話與傳說，為他早期湘西系列創作提供了不少的素材。他從孩提時代已經非常熟悉的少數民族傳統及土著物品中「得到的理解，必將比前人認識明確、深刻而具體」，打算為個人在歷史上留下一些非同小可的成就：

> ……不妨把我放在「作家」以外，給我一個機會，到另外一時，再來注意我的工作。十年日子在人事上不是個很短的時期，從人類歷史說來卻太短了。我們從事的工作，原來也可以看得很輕易，以為是製造餑餑食物必需現作現賣的，也可以看得比較嚴重，以為是種樹造林必需相當時間的。我希望我的工作，在歷史上能負一點兒責任，盡時間來陶冶，給它證明什麼應消失，什麼宜存在。

由於生活變遷加上社會變動，在《沈從文小說選集題記》中進一

步說明了沈從文受政治環境影響多年之後，生活工作方式極其窄小少變化，個人在文學創作方面已擱筆十年，縱使有千絲萬縷的情結，也「反映生命的發展、變化、矛盾，以及無可奈何毀滅」[8]。故勿論轉業物質文化工作過程如何艱辛折磨，這始終證明了沈從文透過另一種實踐的方法，以文藝美術的理念，鑒賞文物的形式與創作互相對照，貫通實踐了「人生的形式」。

　　固然，《從文自傳》的重要性在於它顯現作家在一個時代的表徵，內容有他培植知識的淵源和興趣。套用沙特的說法，個人「是時代的摘要，因此也是時代的普遍化表現，但他同時也以自身的獨特重建了他的時代。」解釋研究的特色在於主觀的經驗，正是為了探索普遍性和獨特性之間複雜的交互關聯，以及個人一生中的私人苦惱與公共議題之間的關聯。因此，凡是解釋的研究，都必須切入環繞主體生命經驗的歷史時刻。

　　所以，沈從文已然一度「覺解」[9]自我學術生涯的關鍵選擇是怎麼從實證取向轉到另類路徑的「覺解」歷程，即他如何透過繪畫美術的指導，在小說創作再到文物研究的路途。這個轉變相信可以召喚更多元的敘事主體反思自身的生命經驗，從而建構互為主體性的道路，開顯主體性知識的探究方法。

　　我們尚且還在沈從文於四十年代初發表的〈綠魘〉中，看到無論在個人成就與知識基礎的建構上，隱隱約約都與《從文自傳》生命體

8　沈從文：〈抽象的抒情〉，《花花朵朵、壇壇罐罐──沈從文談藝術與文物》（南京市：江蘇美術出版社，2002年5月），頁21。

9　「覺解」一詞借自馮友蘭，就是自覺地了解。他認為哲學最根本的努力是由覺解開始，這裡相信著生命智慧蘊含在他自己的生命裡頭，人生該由他自己尋找出他自己生命的智慧，去實踐出他自己的生命智慧，因此，必須向他的生命經驗學習是最重要的一件事情。所有的經典與別人的生命智慧融合，甚至一起敘述，這是不能避免的，可是那都是一種參考的價值，重要的是去尋找自己的生命智慧、去實踐出來，這才是根本之道。參看馮友蘭：《人生的哲理》，臺北市：生智出版社，1997年。

驗的歷史性交互關連，一起作為主體生命的歷史時刻提供證明，例如其中一段：

> 日月運行，毫無休息，生命流轉，似異實同。惟人生另有其莊嚴處，即因賢愚不等，取捨異趣，入淵升天，半由習染，半出偶然；所以蘭桂未必齊芳，蕭艾轉易敷榮。動者常動，便若下坡轉丸，無從自休，多得多患，多思多慮，有時無從用「勞我以生」自解，便覺「得天獨全」可羨。靜者常靜，雖不為人生瑣細所激發，無失亦無得，然而「其生若浮，其死則休」，雖近生命本來，單調又終若不可忍受。因之人生轉趨複雜，彼此相慕，彼此相妒，彼此相爭，彼此相學，相差相左，隨事而生。凡此一切，智者得之，則生知識，仁者得之，則生憐憫，愚而好自用者得之，必又另有所成就。不信夙命的，固可從生命變易可驚異處，增加一分得失哀樂，正若對於明日猶可望知識或理性，將這個世界近於傳奇部分去掉，人生便日趨於合理。

因此，沈從文的文物研究工作，可以說是特殊的「交談」範式，以知識串連歷史某個階段乏人問津的地方，這就是「智者得之，則生知識，仁者得之，則生憐憫，愚而好自用者得之，必又另有所成就。」沈從文已然也如〈學歷史的地方〉一文中所說的「由於應用，我同時就學會了許多知識。又由於習染，我成天翻來翻去，把那些舊書大部分也慢慢地看懂了。」

同時，流動的美使他不屑於接受道德說教似的倫理的美。他反而覺得接近人生時，他永遠是個藝術家的感情，卻絕不是所謂道德君子的感情。這確實是微妙的「感情流動而不凝固」給予沈從文的生命體驗。

　　沈龍朱說「沈從文研究和愛好文物，首先看重的是歷史上前人勞動的成就，前人那些精美的設計、高超的工藝，實際是生命的一種延續。他把古人絲綢的花紋、織錦的編織技術、陶瓷的造型，在蘇州、杭州、景德鎮推廣。當時以『古為今用』為口號，將前人的工藝成就為生命力的延續，實踐另一種說故事的藝術性質。」我們也在他寫給家人的書信中看到，儘管環境如何困難，他扎實做好工作的那份「耐煩」，如在庫房裡靠整理文物學習和積累；在展廳講解員的位置上學習和積累；在編寫展覽櫃的說明中學習和積累；在舊文獻和大量新出土的文物學習和積累，甚至在五十年代以後不斷的政治運動造成的批判、思想的混亂、生活的困頓、抄家搬家和被迫中斷研究的干擾，他始終沒有放棄自己熱愛的工作，他最終實現了用自己的研究成果，將生命延續給未來、給下一代的努力。

第二章
對沈從文的別一種理解

　　本文嘗試以沈從文寫作時的指導性原則，例如「恰當」，去理解他怎樣培植基本寫作修養的內容，以及他如何擷取繪畫的形式，生動描寫《邊城》中的人物和場景。同時，透過沈從文描繪人物形象時，一方面窺看他的作品表現美術觀念的基礎，另一方面可了解他文學藝術的取向。還有，沈從文於四十年代末，在北大任教時的教案〈關於說書〉，簡單的授課內容，涉及怎樣讀《老殘遊記》，他主要擷取《老殘遊記》某回中的聽書現象為觀察角度，因為身處時代轉變和經歷寫作事業停滯的前提下，讀得難免倉促，或許可作為他對小說理念的最後陳述。

一　「恰當」是基本寫作修養的內容

　　　　沈從文說：必須字典絕大部分的字都聽你調遣了⋯⋯你才寫得
　　　　出恰當的文章。

　　任何語文的「基本寫作能力」，來自其人在運用此一語文時所已具有之「基本寫作修養」。此種「修養」，沈從文名之「恰當」。大致可簡化為下列三種內容：

一、辭彙：一般所謂的「字眼」或「詞藻」，是包括名詞、動詞、形
　　　　　容詞、介詞、連詞、語助詞等在內。這是寫作所欲表達內

容的「基本載具」。在寫作過程所知道的、所能運用的如不夠充分，那麼所想表達的內容就無法完全表達。一般所說的「詞不達意」、「不知道該怎麼說」，實際是指辭彙不夠方面的缺點。

二、語法：舊稱「文法」、「句法」、「句式」等，這是將前述各種「恰當辭彙」，組成句子的「恰當組織方式」，一般坊間是指文法學、語意學之類的工具書，討論的內容圍繞在所造句子的「邏輯結構」上有無毛病，「意思表達」上是否清晰準確等。一般所謂的「語無倫次」、「不知所云」、「語氣不當」等等，多指這方面的缺點。

三、語感：「辭彙」如夠豐富，「語法」如夠準確，已然可以寫出「通順、正確、清楚」的文章。然而，這種文章仍未必算「好」或「精彩」。此處的道理即是：「每一段語文表達」除了所想表達的「具體實在的內容」外，尚有某種「味道」，亦即他的表達方式所能引起的讀者的各種「情緒」，以致更為複雜的心理反應，如懂得「恰當」運用文字，不僅「達意」，而且「傳情」，能讓讀者在心理情緒上產生你所想要產生的反應，這才是所謂的「好文章」。這些「表達附隨的味道」，即是「語感」。

從粗淺方面說，同樣的內容，有的可以說得「冠冕堂皇」，有的「輕鬆好笑」，有的「光彩炫目」，有的「淡雅自然」等等，都是「語感」把握的功力。「語感修養」，實即前述「辭彙」、「語法」修養的高度圓熟的境界。不過，沈從文的「恰當」，含用字準確之外，實則也有了解讀者需要的意思。

二　人物的表現

　　沈從文文學藝術中相當重視人物原型在表現形式的分配和綜合知識，這是了解他對審美對象轉化為藝術形式時，材料形製過程掌握的基礎。如在〈談談木刻〉一文中，沈從文以「鄉下藝術」題材例子談表現形式，木刻形製是怎樣才能擺脫報章雜誌插圖的附庸地位，同時兼顧畫面人物空間同實體的均衡，方達到裝飾效果的問題：

> 「鄉下藝術中的年畫之中的『老鼠嫁女』，現橫幅的形式，如何容易使它事件展開？用粗重的線，有刺激性的顏色，如何使鄉下人在視覺上得到習慣的悅樂？用多大紙張，使它當成裝飾物貼到板壁上時，方能供鄉下人欣賞。」[1]

沈從文主張木刻技巧是對繪畫對象分配組織的理解不僅要熟悉，還要掌握製作形式和方法。同時如何平衡二者，也是美術講究的功夫。正如沈從文認為字畫家的運筆，尤其可能為他人帶來審美愉悅，這絲毫不亞於他給自己帶來的樂趣。中國彩墨畫家的運筆特別是這樣，他們的寫意表現形式，往往帶給區域美術和工藝品圖紋裝飾設計上的刺激與啟發。不僅如此，沈從文甚至認為，關於國畫的知識，是他整個文學藝術的根本基礎。因為正是這種知識，為他在寫作小說時提供參考。
　　沈從文大半生堅持文藝配合美育，實現美育代宗教的信仰。他曾

1　在這篇文章中，沈從文還談及寫作方面的弱點，是不懂得掌握平均分配，如同內容「表現一個戰爭場面，不會分配，表現一個人，空間同實體如何分配處理，方能產生恰到好處的印象。由於相關知識的疏忽，大體說來，總是成功少，失敗多。正如寫字，大家都在那裡討論拿筆方法和用筆方法，卻不甚注意到組織以及由組織而產生的印象。」見《沈從文全集》第16卷，太原市：北岳文藝出版社，2002年。

希望藝術學校圖書陳列室，有種稍稍像樣的設備，聘請些能將藝術觀點擴大放寬的教授，以及一群熟練精巧的技師。這樣的想法雖說是那時代一個奢侈狂妄的企圖。不過，我們至少了解像沈從文這個文學藝術者，能認識清楚只有最善於擷取傳統各種遺產的技師，知道如何運用各種材料組織，方能創造一個屬於他自己所在時代的作品。

以美術對沈從文的影響而言，尤其是國畫的啟迪，交織在文字與形式裡如何見出畫面的效果。沈從文在〈關於說書〉講課的教案裡，曾在《老殘遊記》中的〈王小玉說書〉之「明湖湖邊美人絕調」中，以「如作畫，畫出黑妞素樸家常。」來形容黑妞。小說原文一段：

> 停了數分鐘時，簾子裡面出來一個姑娘，約有十六七歲，長長鴨蛋臉兒，梳了一個抓髻，戴了一副銀耳環，穿了一件藍布外褂兒，一條藍布褲子，都是黑布鑲滾的。雖是粗布衣裳，到十分潔淨。

這裡採納的角度是宋朝之後賞玩的人物畫法，徒供人之怡心悅目。十六七歲姑娘的風韻，將她放在一個顏色的裝飾上，絕不弄姿，以樸素突出她的美。

而《邊城》開首描繪的翠翠，一樣具有樸素美，是天地醞釀著這富有山地美的感覺，少女細緻、真實和美麗自然的氣質：

> 翠翠在風日裡長養著，把皮膚變得黑黑的，觸目為青山綠水，一對眸子清明如水晶，自然既長養她且教育她。為人天真活潑，處處儼然如一隻獸物。人又那麼乖，和山頭黃麂一樣，從不想到殘忍事情，從不發愁，從不動氣。平時在渡船上遇陌生人對她有所注意事，便把光光的眼睛瞅著那陌生人，作成隨時

都可舉步逃入深山的神氣，但明白了面前的人無心機後，就又
從從容容來完成任務了。

沈從文是寫景高手，筆下的人物常在湘西風景的風俗畫中渲染出個人
的氣質，上述富有中國彩墨畫的意境，人物具有獸物自然的流動，把
她安置在一個顏色美麗的背景上，使畫面產生一種生氣感，當然還少
不了一些動人的聲音。可以想見人物之外，風景作為原始材料的自然
形狀一定要轉型成藝術語言。轉型的方式，以及用文筆畫出的特殊線
條和形式，都透露了作家一部分自己，透露了他正在創作時的情緒。
恰如蘇軾說的：「論畫以形式，見與兒童鄰。」

三　風景的體會

沈從文小說的風景，與人物一樣，具有國畫的味道。李健吾說沈
從文《邊城》的開端，將湘西茶峒的地方寫得自然輕盈，他以畫畫的
方法，畫出這裡的山水，有小縣，有商業，有種種人，有風俗，有歷
史背景真純的地方。[2]

我們看《邊城》寫酉水的一段：

那條河水便是歷史上知名的酉水，新名字叫做白河。白河下游
到辰州與沅水滙流後，便略顯渾濁，有出山泉水的意思。若溯
流而上，則三丈五丈的深潭皆清澈見底。深潭中為白日所映
照，河底小的石子，有花紋的瑪瑙石子，全看得明明白白。水
中游魚來去，全如浮在空氣裡。兩岸多高山，山中多可以造紙

2　李健吾：〈邊城——沈從文先生作〉，《咀華集》（北京市：人民文學出版社，2001年
　1月），頁44。

的細竹,長年作深翠顏色,逼人眼目。近水人家多在桃杏花裡。春天時只需注意,凡有桃花處必有人家,凡有人家處必可沽酒。夏天則晾曬在日光下耀目的紫花布衣褲,可以作為人家所在的旗幟。秋冬來時,人家房屋在懸岩上的,濱水的,無不朗然入目。黃泥的墙,烏黑的瓦,位置卻那麼妥貼,且與四周環境極其調和,使人迎面得的印象,實在非常愉快。

小說風景主要靠作家親自去感受,養成對於形體、顏色、聲音和氣味的敏感,並還有一種特殊的記憶力,能把各種印象保存在記憶裡,任由自己調遣。這自然的形式不但包含了外在世界的實質,也包含了六朝畫家宗炳所說的「趣靈」[3]。作家賦予這種有別於外在形象,正是使仁、智、賢者感動的品質。人和自然的協調,當然主要還是透過自己「身如其境」,感動得想把他的感覺轉形成畫面感時,那麼眾眼就能和他共賞,眾心就能和他共鳴。

四 「動的神氣」

我們以《從文自傳》中的〈一個大王〉作為沈從文「動的神氣」案例,來談與『氣韻生動』的關係。篇章前部分一段對軍隊的敘述,雖說沉悶,但作者設法排除枯燥的意味。行文可以看到作者一些不自覺的文學技巧,如立體的語言,音調的運用。有關山大王的出場,開首用的是直述方法,篇幅濃縮到很小,先將這個人物直接了當的介紹出來,從而突出的就是山大王的面貌與性格。

顯然,因限制於篇幅字數的關係,沈從文在描寫山大王的面貌

---

3 意指「山水質有而趣靈」。

時，沒有足夠場景的舖陳。如果從敘事觀點上說，這是作者第一人稱
對大王行為的描述，採用先揚後抑的方式，先將山大王以一個趣味性
人物的出場，運用語言技巧突出殺人如麻的山大王如何震懾威嚇，面
貌雖平凡，卻突顯他殺人的男子神氣。行文可見作者的匠心：

> 「這是一個土匪，一個大王，一個真真實實的男子。這人自己
> 用兩隻手毙過兩百個左右的敵人，卻曾經有過十七位押寨夫
> 人。這大王身個兒小小的，臉龐黑黑的，除了一雙放光的眼睛
> 外，外表任你怎麼看也估出他有多少精力同勇氣。」[4]

同時，描述山大王在寒冷天氣下水的舉動，顯示生命之堅韌毅力。
這裡以三言兩語，即寫出了其性格，與前面只用了幾句話，就寫出
山大王的外貌一樣，這裡的重點是把握人物形象「動的神氣」。而在
沈從文看來，「動的神氣」在某種意義上是美術具備的基礎，是美術
講究的功夫。也許，我們將沈從文說的「動的神氣」，置於張彥遠為
謝赫六法的第一法『氣韻生動』所定義的術語上，加以觀察，會有鮮
明的印象。其中有一段文字，可以彰顯精神性層面的生命力。

> 「至於台閣、樹石、車輿、器物，無生動之可擬，無氣韻之可
> 侔，只要位置向背而已。顧愷之曰：畫人最難，次山水，次狗
> 馬。其台閣，一定器耳，則易為也。斯言得之。」[5]

這段文字是說畫台閣、樹石、車輿、器物，沒有生動可描，也沒有氣

4　沈從文：〈一個大王〉，同註22，頁347。
5　（唐）張彥遠著，田村解讀：《歷代名畫記・卷第一》（合肥市：黃山書社，2011
　　年），頁26-27。

韻之可繪，只要表現出它的位置向背就可以了。顧愷之曾說：「畫人
最難，次山水、次狗馬。其他台閣之類，屬定型的器物而已，就容易
畫了。」這句話雖說是心得之言，但內容提到的樹石，說明山水似乎
不僅屬於唐代『氣韻』的範疇。『氣韻』或僅適用於畫中有生命的影
像。人和動物的『氣』，是「生命的呼吸」，生物「動的神氣」可以定
義為蘊涵在人天性中的生命力。沈從文以「男人的生命，豈是這麼容
易失去」來形容山大王的人生形式。這裡「男人」二字，包含很深
的社會意義。在當時社會封建體制下，男人擁有強悍的護衛任務，
應當避免兒女情性的負累，這也是賦予男性生命力的理由。

五 〈關於說書〉

　　沈從文在一九四七至一九四八年在北大任教時，僅存的一篇〈關
於說書〉講課的教案，講課內容是關於中國歷史上「說書」現象的研
究。這篇教案的內容卻較為簡單，前部分談說書發展，採取斷代史的
方法，但也只談及唐宋。後部分涉及他旁敲側擊王小玉說書的內容，
行文過於簡單，似乎感到山雨欲來。該教案現收入《沈從文全集》第
二十七卷《談話及其他》集中。
　　〈關於說書〉分為五節，第一節介紹說書的風氣，主要圍繞在唐
代廟會到宋代的戲院，分佛經和通俗故事二途發展，以通俗故事的無
韻分支下的小說，培養了群眾喜愛的人民藝術家。第二節即轉入現代
說書形式，藉由南北所用樂器雖不相同，但作為群眾娛樂教育節目，
是提高人民文化和政治教育一個強有力的工具。同時以《老殘遊記》
中的「王小玉說書」為成功表現的例子，帶出大鼓書綜合各方面長處
的成功藝術。第三節簡單的兩句話，指出大鼓書以吸收眾長，推陳出
新和有創造性，而奠定現代說書的社會地位。第四節在敘述方式上遵

循「說給人聽」的法則，作者站在故事與讀者之間，扮演說故事的角色。主要是透過「明湖湖邊美人絕調」一節，展現故事敘事必備的元素。

〈關於說書〉是以作者敘述的方法，強調王小玉說書發展的過程，帶出黑白二妞在觀眾的地位，及黑白妞上場的現場反應和唱藝水平。沈從文是這樣寫的：

> 「寫當時書場情形。寫撫院預先定座，寫賣燒餅油條的有一二十個，都是為不吃飯的人有所準備，可見當時群眾對於王小玉印象之深，及二姐妹作用之大。」
>
> 「戲院情形。未上場以前情形。」
>
> 「引入正文，寫黑妞和伴奏的。如作畫，（一）畫出黑妞素樸家常。（二）形容長處。（三）群眾反映。一面讚揚，一面為白妞襯托。預先提出下面還有更好的。」
>
> 「（八）寫神情。（九）唱。（十）形容發展到高點後，陡然結束，餘音回味。」
>
> 「書生反映襯托。總結似的形容，三月不知肉味。」

第一段主要交代背景及戲院的定座規定，展示群眾對說書者的印象。第二段透過場景的設置，以配合角色的演出。他觀察到小說正文部分是用作畫的形式，描述黑妞的形象，以此為伏筆，帶出之後的白妞。之後描寫人物的神情與動作，有利突出白妞的唱功與技藝超凡。最後透過觀眾接受，點出主題。以孔子語帶雙關形容白妞歌喉出色，令人留下印象。

沈從文指出說書的長處是有發展性的，由平淡到高潮，然後結束。猶如小說情節發展一樣，高潮起伏最後使人留下深刻印象。談到

黑白妞特長的處理，乃文章成功的地方，也就是情節賦予角色生命的詮釋。他的結語論證「說書」基本具有現代敘事報導文學的特色，明顯趨向現代性的意義。

沈從文〈關於說書〉的教案，為什麼只取《老殘遊記》中第二回之「明湖居聽書」？這點他沒有明確作任何解釋。或者他純粹探討中國歷史上「說書」的現象，又或留意到〈王小玉說書〉中黑妞的衣飾裝扮，作為開展個人服飾史研究的一個跳板。

第三章
沈從文博物之旅中「湘行」的空間記憶

　　《湘行書簡》是一九三四年初，沈從文因母親患病還鄉，行前向張兆和承諾，每天寫信報告沿途見聞[1]。信的內容可從兩方面顯示沈從文創作短篇小說的意願，一方面是當他貼近這些人之後的情感上的失落，有種難以撫平之前那許多描寫鄉下人生活與勇敢的欣慕嚮往。另一方面，我們可藉沈從文在《湘行書簡》中所描述的鄉下人形態以審視其在短篇小說裡對苗族人物生活方式的願景，這或可提供另一種通向沈從文筆下湘西小說人物與故事中鄉土文化生命形態轉變的思考。

　　《湘行書簡》書信體遊記在了解沈從文的生命經歷，體會湘西對於作家，較之《湘行散記》和《湘西》，別有一種吸引人的地方，筆者在閱讀中發現沈從文所遇到的人和事影響著他的創作和對生命的看法。因而透過《湘行書簡》的描述，我們恍然藉由一個個獨具個性的人物和故事，去建構沈從文「鄉下人」的生命形態。雖然只是沈從文在二十五天的搭船旅程中寫下的約五十封信函，但畢竟是他在北京、上海、青島等地寫了這麼久的鄉下人之後，第一次跟鄉下人近距離的接觸。同時借用巴舍拉空間理論的相關觀念，從地志空間和社會空間

1　這些信件及信中所附插圖，沈從文生前未公開發表。一九九一年由沈虎雛整理、編輯成《湘行書簡》，其中「引子」三函為張兆和致沈從文，「尾聲」一函為沈從文致沈云六，餘下為作者回湘途中致張兆和的信。《湘行書簡》全文編入《沈從文別集・湘行集》，於一九九二年五月由岳麓書社初版，同年十二月再版。參《沈從文全集》第11卷（太原市：北岳文藝出版社，2002年），頁108。

兩個方面結合記憶問題，對沈從文「湘西」短篇小說的敘事方面進行
了分析，在由書信和故事並置構成的文本空間中，沈從文展現了
「我」在地志空間中的旅程，他在社會空間中的成長和體驗，刻畫了
一位鄉下人知識分子的自我審視。

第一節　巴舍拉空間理論參照下的湘行記憶

　　福柯在《論其他空間》中提到「當下的時代將可能首先是空間的
時代。我們處在同在性的時代：我們在並置、遠與近、並排、分散的
時代。」[2]走向空間關係的文學批評可以使我們能夠用新的方式去解
讀熟悉的文本。[3]我們知道小說的主題思想需要在情節的發展過程中
展現出來，有的小說甚至有多條線索多種矛盾相互交錯，要準確地理
解作品的主題，必須理清作品的線索和情節。而透過分析情節，我們
看到沈從文小說並不是處於封閉狀態！除了從情節的發展中把握人物
形象之外，人物在事件發展的過程中，可以說很容易就往他方移動，
他們隨著作者步伐，跑到夢與回憶的不同層面裡去。沈從文的小說經
常借人物或故事談夢的願景，舉其在三十年代發表的〈若墨醫生〉為
例，小說透過主人翁的觀察和感受，年輕人對生活的感覺是由於壓
迫，由於處於無權地位而變得敏銳。藉夢本身給他們以支撐力量，能
顯現出人物靈魂深處的東西來。離開了夢，就不知道人物怎樣活動，
也就無法分析沈從文作為理想主義者對生活所形成的奇蹟[4]。因此，

2　Michel Foucault, "Of Other Spaces," trans. Jay Miskowiec, in Diacritics, Vol.16, No.1, 1986, p.22.

3　Phillip E. Wegner, "Spatial Criticism: Critical Geography, Space, Place and Textuality," in Julian Wolfreys, ed., *Introducing in the 21st Century*, 中國海洋大學出版社，2006年，頁191。

4　〈若墨醫生〉為紀念采真而作，小說除了懷念故友，作品的一個特點是傾倒出自己

要了解人物性格，必須透過情節中發生的事情這種外在現象，去剖析現象背後的本質。沈從文小說中的情節，無疑與地方故事的關係密切，而他的故事又是從鄉土生活中平凡簡單的人事貫穿起來而成就的。因此，為了更好的理解沈從文湘西故事創作現象的本質，從地志空間和社會空間兩個方面結合記憶問題來對《湘行書簡》在情節故事表達方面的作用進行分析，那自然是勢在必行了。

加斯東・巴舍拉（Gaston Bachelard）的《空間詩學》（The Poetics of Space）中有關空間的討論是一系列空間方面的原型意象，所有人類對於這些空間意象都有類似模式，顯現個別面貌殊異的心靈反應。這種心靈反應總結在「住居空間作用之實感」中，而實體的房舍、家具與空間使用的需求，反而要在這些心靈反應的脈絡下，經過巴氏所謂的「場所分析」，才會顯現其現實意義的來源。但我們透過他所說的將想像聯結到童年誕生的家屋，以及在其中的幸福感的體驗，就像體驗到對世界的原初信賴感。[5]巴舍拉認為依據現象學的精神來看，我們應當走入日夢的想像中，走入醒覺卻脫離當下現實的日夢想像，投到這些原始意境中，而不是透過對別人的故事的分析來認識自己。

從地志空間的角度看，《湘行書簡》除了「引子」部分是張兆和致沈從文的三封信函，其餘則記錄了沈從文的全部行蹤。[6]他之所以

的信仰和個性，而不是創造別人的形象。相關資料可參看金介甫的《沈從文筆下的社會與文化》（上海市：華東師範大學出版社，1994年7月），頁64。

5　這種原初的信賴感不可能不建立在一種「受庇護」或「渴望在其中受庇護」的秘密心理反應上，雖然現實情狀可能並不盡如人意，但這種心理反應是跨主體的。對家屋地窖、陰暗角落中感受到的恐怖感和夜晚時分對黑暗、暴力的畏懼，恐怖空間體驗不一定跟個人過去的經驗或記憶有關，它只是一條導火線，藉以觸發個人內心深處「迴蕩」的感覺，而是產生樣式共通，但卻能引起樣貌各異的原型心理反應。參看加斯東・巴舍拉（Gaston Bachelard）著，龔卓軍導讀：《空間詩學》（臺北市：張老師文化事業公司，2016年7月），頁28。

6　各信標題，除〈小船上的信〉為原有外，其餘原無題，皆為整理者所擬。同注1。

有這樣的湘西之行，是因為母親病危，匆匆趕回老家看望。這次回鄉
行程歷時半個月，在一九三四年一月二十二日才到家。由於沈從文與
胡也頻（1903-1931）、丁玲（1904-1986）曾是深交的朋友[7]，他為仗義
執言發表過指責南京政府國民黨政府的文章，而當時江西紅軍有戰略
轉移意向，湖南形勢緊張，他被家鄉當局視為「危險人物」[8]，因此只
在家停留四天，就又匆匆離開了，而他的母親則在一個月後逝世。[9]

　　從一九三四年一月十一日到一月二十七日離開家鄉返回北平，沈
從文每到一個地方，即給張兆和寫信，落腳行蹤：桃源上行→曾家河
上行→纜子灣→鴨窠圍→楊家岨→辰州（沅陵）→瀘溪→鳳凰。無論
是行船還是停船，在大自然的懷抱裡，甚至小船過險灘時遇險，都無
阻沈從文在船上不停地給張兆和寫信。

　　在上述的旅程裡，涉及一些具體的地點，這些地點往往勾起沈從
文對往事和個人社會關係的記憶。他似乎就如巴舍拉所說的「把自己
放在一個夢的狀態裡去，把自己放在一個日夢的門檻上，把自己棲身
在過去的時光裡。」[10]也就是說，沈從文的記憶往往是與地志空間聯
繫著的，而且是在生活的事件中存在著情節與人物的關係。因此，當
他談論這個地方的時候，他就會唱起關於這個地方的思鄉曲，會寫下
渴慕這個地方的詩句，就像一個戀愛中的人。[11]以〈在桃源〉信末附
有沈從文在路上看到的一個有趣的貼子，他一字不改抄寫下來，當中

7　關於沈從文和丁玲、胡也頻的友誼，最好的參考資料見沈從文〈記丁玲〉。

8　這裡指的是沈從文曾牽連到胡也頻被捕和死難的事件中，參考〈記丁玲〉和〈記胡
　　也頻〉，收入《沈從文全集》第9卷，2002年12月，頁52-98，

9　參看吳世勇編：《沈從文年譜》（天津市：天津人民出版社，2006年6月），頁146。

10　同注5，頁29。

11　這是巴舍拉以威廉‧卦楊（William Goyen）的著作《氣息之屋》（*La maison d'ha-leine*）談到日夢引導我們到無以名狀、難以定位的存有區域，這種狀態是我們在生命當中，被驚奇的事物所擄獲的時刻。同注5，頁128。

可看到他在任何場合都能發揮組織故事的能力：

> 立招字人鍾漢福，家住白洋河文昌閣大松「樹」一右邊，今因
> 走失賢媳一枚，年十三歲，名曰金翠，短臉大口，一齒突出，
> 去向不明。若有人尋找弄回者，賞光洋二元，大「樹」為證，
> 決不吃言。謹白。[12]

　　這個以說故事的語氣交代走失賢媳的樣貌和獎賞的方式，除了符合沈從文「為了自己想弄明白文字的分量，他得在記憶裡收藏了一大堆單字單句。他這點積蓄，是他平時處處用心，從眼睛裡從耳朵裡裝進去的。」[13]他並且留意到簡短的尋人廣告，兩次提到「樹」帶給他的驚喜。因此，大松樹幾乎散發著一股吸引力，它為人物蘊集了它所庇護範圍的內在的存有（巴舍拉語）。而重要的是，就在這樣的背景之上，人文的意涵，生長了出來。位於他方，不管是時間或是空間，都孕育著一種非現實感。這對沈從文而言，在在提供了巴舍拉所說的「空間癖」（topophilia）[14]的根源。或許也能想像沈從文在回憶之外，直探他湘西旅程的夢境，在這種前記憶的狀態裡，他會試圖問自己：是否曾經存在的東西，真的存在？是否種種的事實真的具有回憶所賦予它們的意涵？[15]我們有理由相信作為理想主義者的沈從文，藉

---

12 見《沈從文全集》第11卷（太原市：北岳文藝出版社，2002年12月），頁116。
13 〈談創作〉《沈從文全集》第17卷（太原市：北岳文藝出版社，2002年12月），頁197。
14 同注5，頁55。
15 巴舍拉認為遙想的回憶，只會藉由給予事實以幸福的意涵、幸福的光暈，來召喚它們。一旦這種意涵被抹除之後，這些事實也就蕩然無存。它們真的存在過嗎？某些非現實的東西，悄悄的滲入回憶的現實當中，而回憶其實是處於我們個人歷史和無以名狀的前歷史之間的灰色地帶，恰恰是在這樣子的一個灰色地帶，跟隨我們的腳步，童年的家屋走進了我們的生命來。巴氏尚且覺得威廉‧卦楊（William Goyen）

日夢寄託人性深層的價值。彷彿日夢甚至擁有自我調整價值的殊榮，它從自身存在獲得樂趣。[16]因而也可以理解沈從文如何透過湘西重新構成那些讓他體驗日夢的處所。

《湘行散記》和《湘西》內容讓我們可以看到被啟蒙的鄉村平凡人物，相當程度是以地志空間與人物的生活體驗相關，作家藉此熟悉的具體地點，引起對人物的回憶和聯想。並且理解新文學之所以擔當文化啟蒙的責任，而蒙昧的民眾就成為文學的文化批判、啟蒙和救治的對象。張新穎認為「如果按照這樣一個大的文化思路和文學敘事模式，沈從文湘西題材作品裡的人物，大多應該處在被啟蒙的位置，但沈從文沒有跟從這個模式。他似乎顛倒了啟蒙和被啟蒙的關係，他作為作品的敘述者，和作品中的人物比較起來，並沒有處在優越的位置上，相反這個敘述者卻常常從那些愚夫愚婦身上受到『感動』和『教育』」。[17]我們會在下文談到社會空間時，看沈從文如何以說故事人的身分向讀者展示「湘西」人物被啟蒙的一面。而沈從文小說的敘述者，常常又是與作者統一的，或者就是同一個人。同時，為了更好的表達人性，沈從文安排去辰州前停泊的小水村邊的岸上翠色和碰到的人面，聯想到作品《柏子》人物情節的取材及個人生活的看法：

> 我們的小船已停泊在兩隻船旁邊，上個小石灘就是我最歡喜的吊腳樓河街了。……這種河街我見得太多了，它告訴我許多知識，我大部提到水上的文章，是從河街認識人物的。我愛這種地方、這些人物。他們生活單純，使我永遠有點憂鬱。我同他

讓我們理解到在我們之前，童年的家屋其實無以名之。它是被失落在世間的一個地方。因此在我們空間的門檻上，在我們時間的斷代之前，我們其實是在對存有的取得與存有的失落之間徘徊。同注5，頁128-129。

16 同注5，頁68。

17 張新穎：《沈從文九講》（北京市：中華書局，2015年9月），頁96。

們那麼「熟」——一個中國人對他們發生特別興味，我以為我可以算第一位！……我多愛他們，五四以來用他們作對象我還是唯一的一人。[18]

韋斯利・A・科特（Wesley A. Kort）在《現代小說中的地方和空間》文章中總結了巴舍拉關於記憶與空間關係的看法，他認為

> 巴什（舍）拉的基本觀點……是，記憶負載著連續感、身分和個人生活的價值等所有含義，與其說它們具有時間特性，倒不如它們更具有空間特性。[19]

或者可以說，沈從文在湘西流域遇到的人和事，促使他欲透過作品展現主人公的故事，明顯地也表現了空間特性。而且，記憶充斥著他對這些人物在地志空間的生活形態，表現了他於歷史智慧情懷的關注與感動，他曾經表示：

> ……一本歷史書除了告訴我們些另一時代最笨的人相斫殺以外有些什麼？但真的歷史卻是一條河。從那日夜長流千古不變的水裡石頭和砂子，腐了的草木，破爛的船板，使我觸著平時我們所疏忽了若干年代若干人類的哀樂！我看到小小漁船，載了它的黑色鸕鷀向下流緩緩划去，看到石灘上拉船人的姿勢，我皆異常感動且異常愛他們。我先前一時不還提到過這些人可憐的生，無所為的生嗎？……這些人不需我們來可憐，我們應當

---

18 同注12，〈河街想像〉，頁132。

19 Wesley A. Kort, *Place and Space in Modern Fiction*, Gainesville, FL: University Press of Florida 2004, p.167.

來尊敬來愛。他們那麼莊嚴忠實而生，卻在自然上各擔負自己
那份命運，為自己，為兒女而活下去。不管怎麼樣活，卻從不
逃避為了活而有的一切努力。他們在他們那份習慣生活裡、命
運裡，也依然是哭、笑、吃、喝，對於寒暑的來臨，更感覺到
這四時交替的嚴重。[20]

沈從文多年以後在文章中除了提供了一個看待他作品的方法之外，這
種在文本空間呈現的人文關懷和鄉土的愛，在由他作為湘行全知敘述
者敘述的回憶中摻入到了小說敘述者對作品人物和人物關係的評論。
他說自己結合了對陌生人溫暖的回憶以及對生命極度困頓的描述，是
為了創作出一種故事，將日常生活的艱辛掩藏在美麗與童話般的寧靜
之下。因此，他在《邊城》讓煤油店的老闆搖身一變為船夫：「我讓
他為人服務渡了五十年船。並把他的那點善良好意，擴大到我作品
中，並且還擴大到我此後生命中。」[21]

在一九三八年第二次回沅陵時寫給張兆和的信中，沈從文對陌生
人的回憶及對其生命困頓的描述比之前的感動更為濃郁：

這裡黃昏實在令人心地柔弱。對河一帶，半山一條白煙，太美
麗了也就十分愁人。家中大廚子病霍亂一天，即在醫院去世，
今天其父親趕來，人已葬了，父親即住在那廚子住的門房裡，
吃晚飯時看到那老頭子畏怯怯的從廊子下邊走到廚房去，那種
畏怯可憐印象，使我異常悲憫。那麼一個父親，遠遠的跑來，
收拾兒子一點遺物，心中淒涼可知。尤其是悲哀痛苦不能用痛
苦表現，只是默默的坐在那門房裡，到吃飯時始下廚房去吃

---

20 同注12，〈歷史是一條河〉，頁188。
21 沈從文：〈一個人的自白〉，《沈從文全集》第27卷，頁17。

飯。同住的是個馬夫，也一句話不說，終日把他的煙管剝剝敲房枋。小五哥一走，天又下雨，馬像是不大習慣，只聽到在園中槽口上打噴嚏。園中草地已綠成一片。[22]

這裡描述了一個父親思念去世兒子的形象，門房「迴蕩」（巴舍拉用語）著淒涼落寞的孤單氛圍。可以說在地志空間，人物居住和生活過的地方同人物個人的成長和家庭的生活狀況、個人的身分有著密切的聯繫。這一點取材於湘西地方人事作為寫作素材有著不少具體事例：

> ……出城時即可見到一片江水，流了多久的江水！稍遲一點過渡，還可看到由對河回來的年輕女子，陪了過往客人睡了一晚，客人準備上路，女人準備回家。好幾次在渡船上見到這種女子，默默的站在船中，不知想些什麼，生活是不是在行為以外還有感想，有夢想。誰待得她最好？誰負了心？誰欺她騙她？過去是什麼？未來是什麼？唉，人生。每個女子就是一個大海，深廣寬泛，無邊無岸。這小地方據說就有五百正規女子，經營這種事業。這些人倘若能寫，會有多少可寫的！[23]

由上述對陌生人這股沒來由的悲憫，可以想見沈從文對娼婦回家從對河走來，經過沉默的凝望、夢想的期待與生活的落魄，都能觸動他的脈搏，帶給他寫作的原材料。我們因此容易看到小說透過家屋意象的描寫（以小說經常出現的吊腳樓），使讀者感受到一種氛圍，陷入切身的想像中，恍惚之間，神思已走向一個親人的房間。[24]

---

22 沈從文：〈致張兆和〉，《沈從文全集》第18卷，頁307。

23 《沈從文全集》第18卷，頁310。

24 同注5，頁22。

誠如經過某種意象的衝擊，而興發出一種存在上的改變，深深打動了沈從文。於是，如巴舍拉所說處在迴盪的震撼之中，依據自己的存在處境而訴說詩意。[25]沈從文覺得特別是靜默時的生命，形式是由他過去認識的和當前的如出一轍。之所以格外沉重，異常痛苦，也是因為這種發現造成。而這種他認為拙劣的處世的「巧」，是只有在接觸下層人民時，才能表現出來，並且充滿了悲憫同情。「我是從小就在各種窮困中活過來的人，某些方面更容易對他們感到一種親切的愛。對於他們的喜怒哀樂，也更貼心一些。」[26]湘西流域或農村一種在生長中的生命形式，都某個程度反映了他對地方生活的「與人無爭」和「為而不有」的道家影響。並且肯定了生命離奇經驗，其實和地方生活、獨立人格的生成過程的深厚聯繫。[27]這與論者評論羅蘭‧巴特的想像世界，出現了好壞兩種意象的表述是相同的。好的意象放縱在這個想像世界是一個有魔力的詞語，它充滿了個人與文化的記憶，在這個世界中，形式如波濤一般前行，包括身體的形式、自我的形式、人們閱讀、渴望以及書寫的短語的形式，還有生存現實的形式。[28]我們似乎可將沈從文強調的生命形式看作拉康式的想像世界中

---

25 從巴舍拉的觀點來看，對於某個意象所產生的共鳴，比較接近精神上的奔放狀態，比較接近知性上的聯想，而不是存在上的整體震撼，當我們經過某種意象的衝擊，而興發出一種存在上的改變，「就好像詩人的存在就是我們的存在」，這時候，詩歌和意象就徹底占領了我們，深深打動了我們的靈魂，讓我們受到感動，於是，我們處在迴盪的震撼之中，依據自己的存在處境而訴說詩意。我們會以為自己體驗過這種詩意，甚至以為自己創造過這種詩意，有了這種深切的感動之後，所謂的共鳴才會接著出現，在發生共鳴和情感的反響之中，我們的過去被喚醒，我們把自己過去的相關經驗跟小說和詩歌意象的典型特質，在知性上發現到這些特質其實潛存在我們過去的許多生活經驗脈絡中。同注5，頁23。

26 《沈從文全集》第26卷，頁92。

27 沈從文：〈復黃靈──給一個不相識的朋友〉，第18卷，頁449。

28 帕特里齊亞‧隆巴認為當想像世界暗示出固定依附於一個意象時，它就是一個負面價值，當它是一個來來往往的意象領域，像一個在變幻莫測的舞蹈編排中跳舞的舞

最卓越時刻的「鏡像期」。[29]亦如吊腳樓充滿了沈從文個人與文化的記憶和傳奇的混合體,「都有一種不可測的夢境深度,而個人的過往會為這個夢境深淵添加特別的色彩。」[30]

第二節　以「迴盪」引向湘西記憶深處

　　加斯東・巴舍拉(Gaston Bachelard)空間詩學的一個重要概念「迴盪」,它聯繫個體隱喻下心靈的聲音,是一種引向記憶深處的聲音。書信固然容不下曾經喚醒沈從文成長記憶中不能缺少的歌聲人語,而沉浸在這個來自吊腳樓的聲音能讓他朝向夢境,而非完成夢境,就像巴舍拉所說的是一種「秘密的方向(orientation)」[31]。巴舍拉認為:「談到我童年的家屋,我只需要把我自己放在一個夢的狀態裡去,把我自己放在一個日夢的門檻上,要我讓自己棲身在過去的時光裡。那麼,我所有該說的就已經足夠。因此我可以想望我所寫的文章,能夠擁有真實而響亮的鈴聲,這個聲音在我內心深處,是那麼的遙遠,而當我們走向記憶的深處、記憶的極限,甚至超越了記憶,走進了無可記憶的世界裡,我們都會聽到這遠遠傳來的聲音。我們彼此所交流的,只是一個充滿秘密的方向(orientation),而我們無法客觀

者時,它才是積極的價值。他覺得巴特對自我與形象的關聯很感興趣。同時,他用自己來衡量所有一切,也就是說,用他自己的寫作來衡量,而且他還賦予精神對象或者是理論概念、實體對象或者現實形式以同樣的認知價值。見其《羅蘭・巴特的三個悖論》(上海市:華東師範大學出版社,2017年8月),頁111。

29 拉康認為遠在一個嬰孩能在語言中識別自我之前,遠在能使用語言之前,它就能夠認得自己在鏡子中的影像。見其《我的功能的形成之鏡像階段》。

30 加斯東・巴舍拉(Gaston Bachelard)著:《空間詩學》(臺北市:張老師文化事業公司,2016年7月),頁99。

31 同上注。

地說明這個秘密。凡是秘密的東西，不會完全是客觀的。」[32]引導沈從文朝向記憶的深處、記憶的極限，甚至超越了記憶，成為沈從文生命的一部分，而無法客觀的說明。

在這次往返湘西途中，沈從文為免張兆和擔心，事先約好「每天必寫一兩個信」，把路上所見到的「一切見聞巨細不遺全記下來」。因此，路上他前後共給張兆和寫了幾十封信札，記下了沿途的見聞。沈從文帶有一套彩色蠟筆，透過彩畫，嘗試畫出途經小河兩岸的輪廓，但他認為湘西景色最迷人之處莫過於聲音、顏色和光，這是他所看到的大自然環境與人和諧相處的美好光景，引發他對人事關係的審視和對個人經歷及家庭歷史的回憶，引起他進一步對湘西社會問題和都市文明的觀察和聯想。可以說沈從文故事中的人物和對環境思考的問題均可歸為小說中社會空間的原有型態，他的「湘西」小說的基調在空間方面有很充實的表現。

《湘行書簡》描述的空間展現了沈從文小說創作所在的社會空間的雛型，這個社會空間容納了他最關心的問題，而其中之一是水手的問題，任何涉及水手的生存空間，或面對惡劣環境的態度，又或是生活上的人際關係，無論說野話、與人交涉，都給沈從文帶來無限興趣，這就是為什麼他不只一次說過「我正想回北平時用這些人作題材，寫十個短篇」的話。另外，沈從文關心的是湘西生活中的人物和他們經營的事業，也兼及屬於鄉村一帶的歌聲或說話，「這是桃源上面簡家溪的樓子，全是吊腳樓！這裡可惜寫不出聲音，多好聽的聲音！這時有搖櫓唱歌聲音，有水聲，有吊腳樓人語聲……」[33]當然，聽到隔船有人說話，或是想像水聲纏綿，都有助於沈從文沉思在個人主觀

---

32 同注30，頁75。

33 沈從文在致張兆和的信〈在桃源〉中附有插圖底下的文字，見《沈從文全集》第11卷，頁118。

而充滿秘密的方向，這個秘密方向就是如何把自己講述的故事推遠，成為一個傳奇。[34]他還嘗試以對話形式帶出這秘密的場景，「你聽，水聲多幽雅！你聽，船那麼軋軋響著，它在說話！它說：兩個人儘管說笑，不必擔心那掌舵人。他的職務在看水，他忙著。」[35]又在另外的信中寫到這種天籟祥和的聲音是如何使人動容，「又聽到極好的歌聲了，真美。這次是小孩子帶頭的，特別嬌，特別美。你若聽到，一輩子也忘不了的，簡直是詩。簡直是最悅耳的音樂。」[36]沈從文以為到這樣的地方使人感動，也嘗試透過描述讓張兆和感覺他現在所感覺到的種種視覺印象和聲音，所以特地將這些細節，一一加以描述：

> 我還聽到唱曲子的聲音，一個年級極輕的女子的喉嚨，使我感動得很。我極力想去聽明白那個曲子，卻始終聽不明白。我懂許多曲子。想起這些人的哀樂，我有點憂鬱。因這曲子我還記起了我獨自到錦州，住在一個旅館中的情形，在那旅館中我聽到一個女人唱大鼓書，給趕騾車的客人過夜，唱了半夜。我一個人便躺在一個大炕上聽窗外唱曲子的聲音，同別人笑語聲。[37]

途中在小船上被號音弄醒，也想起許多舊事，甚至希望張兆和和他一

---

34 吳曉東認為沈從文講述的那些陌生和新奇的湘西故事，必然給他們造成一種遙遠感，這種遙遠感一方面來自湘西偏僻的地理環境和獨特的地域文化，另一方面則來自於讀者聽故事的心態，他們本來就在期待聽到一個傳奇。而從普泛性的意義上說，人們聽故事時的心理預期都是想聽到一個新鮮離奇的事件，否則就會大失所望。見〈從「故事」到「小說」──沈從文的敘事歷程〉，載於《中國現代當代文學研究》，中國人民大學複印報刊資料，2011年7月。

35 〈小船上的信〉，同注33，頁122。

36 〈河街想像〉，同注33，頁133。

37 〈夜泊鴨窠圍〉，同注33，頁153。

樣從聲音的美與淒涼中得到體悟，藉意象讓內心「迴蕩」對記憶的
嚮往。

我們知道沈從文在《湘行書簡》體悟到的聲音與人物，維繫於某
個世界，並透過「動的神氣」來建構故事形態，與吊腳樓地方或場所
有著內在的關聯。英國建築學家安德魯‧巴蘭坦（Andrew Ballantyne）
認為：

> 我們在不同的環境中一般都會有不同的舉動，這種不同並不是
> 刻意而為。當處於熟悉的環境中時，我們知道應該怎樣行事。
> 我們對待非常熟悉的人的方式與對待陌生人的方式也有所不同，
> 在公共交通工具上坐姿與在自家沙發上的坐姿也截然不同。[38]

誠然，空間與人物性格及其所導致的行動之間有內在聯繫，這可以從
沈從文的信中內容看到空間、人物與故事的關係：

> 這人曾當過兵，今年還在沅州方面打過四回仗，不久逃回來
> 的，據他自己說，則為人也有些胡來胡為。賭博輸了不少的
> 錢，還很愛同女人胡鬧，花三塊錢到一塊錢，胡鬧一次。他
> 說：「姑娘可不是人，你有錢，她同你好，過了一夜錢不完，
> 她仍然同你好，可是錢完了，她不認識你了。」他大約還胡鬧
> 過許多次數的。他還當過兩年兵，明白一切作兵士的規矩。身
> 體結實如二小的哥哥，性情則天真質樸。每次看到他，總很高
> 興的笑著。即或在罵野話，問他為什麼得罵野話，就說：「船

---

38 安德魯‧巴蘭坦（Andrew Ballantyne）著，王貴祥譯：《建築與文化》（北京市：外
語教學與研究出版社，2007年），頁155-156。

上人作興這樣子！」便是那小水手從水中爬起以後，一面哭一面也依然在罵野話的。[39]

在回憶勞作辛苦的遙遠過去的時候，在想像那些如此平庸通俗而又如此單調頑強的勞動者的形象的時候，在燈光下閱讀和沉思的時候，沈從文所關注的是湘西人們的生活，就是準備像一幅畫中的唯一人物那樣的生活。[40]而蕩漾在記憶深處的沈從文，所感動和思考的這些人的生活均可歸為社會空間和問題。列斐伏爾（Henri Lefebvre）在《空間的生產》認為：「任何空間都暗指、包含和掩飾種種社會關係。」[41]以下我們將會看到沈從文後來的記憶展現他所在的社會空間，以及反映城鄉的社會問題，感情細膩的他是如何透過原生態的故事創生語境，並與都市讀者拉開了審美距離。[42]

> 這種河街我卻能想像得出。有屠戶，有油鹽店，還有婦人提起烘籠烤手，見生人上街就悄悄說話。街上出錢紙，就是用作燒化的，這種紙既出在這地方，賣紙鋪子也一定很多。街上還有個小衙門，插了白旗，署明保衛團第幾隊，作團總的必定是個穿青羽綾馬褂的人。這種河街我見得太多了，它告訴我許多知識，我大都提到水上的文章，是從河街認識人物的。我愛這種地方、這些人物。他們生活的單純，使我永遠有點憂鬱。[43]

---

39 〈灘上掙扎〉，《沈從文全集》第11卷，頁170-171。

40 加斯東・巴舍拉（Gaston Bachelard）著，杜小真、顧嘉琛譯：《火的精神分析》（鄭州市：河南大學出版社，2016年10月），頁260。

41 Henri Lefebvre, *The Production of Space*, trans. Donald Nicholson-Smith, Oxford, UK: Basil Blackwell, 1991, pp. 82-83.

42 同注34。

43 〈河街想像〉，同注33，頁132。

　　上述的感觸在往後寫信和回憶的「迴蕩」中逐步展現沈從文在社會空間中的種種關係和尷尬處境[44]，這些社會關係包括他的成長和故事的關係。這包括在《湘行書簡》中，多處記述了引起他寫作的源頭——水的記憶，「我讚美我這故鄉的河，正因為它同都市相隔絕，一切極樸野，一切不普遍化，生活形式生活態度皆有點原人意味，對於一個作者的教訓太好了。我倘若還有什麼成就，我常想，教給我思索人生，教給我體念人生，教給我智慧同品德，不是某一個人，卻實實在在是這一條河。」[45]

第三節　吊腳樓的「雕像」意義

　　「吊腳樓」帶給沈從文這個燈下工作者最初雕像的任何記憶，他雖不學畫，但所選擇的人事，常如一幅凸出的人生活動畫圖，與畫家所注意的相暗合。正如沈從文調動了一切官能很貪婪的接近他所謂的小事情，他的這種心態的展現似乎和巴舍拉的想法相近。[46]而沈從文

---

44 沈從文在八十年代寫給作家徐盈的信函，談到鄉村人民生活簡樸單純，回憶感歎環境與人事的物是人非：「我在廿四年寫《湘行散記》所享受的風雪種種，以及辰河中百十隻攏岸船隻形成的亂糟糟熱鬧氣氛，全都不容易再見到了。即在沿河小村鎮市集時的熱鬧，如接近鳳凰十里『長寧哨』，或依舊還保留點原狀，可以利用。但那裡已全是苗人，且到處將不免被穿『幹部服』的新式人物影子所破壞，以至於到唱歌時，也會成為流行電影明星大會串式合唱所淹沒……我估計的受時間影響失去的，肯定還不止這些。即留下的自然景物，部分雖不易變化，但成為公式新型紅磚建築（一排排既不適用，又不美觀的玩意，卻必然到處存在，就使人毫無辦法處理它），將會要想盡方法避開，也避不開。」《沈從文全集》第26卷，頁4。

45 同注39，頁172。

46 「在千百次回憶中都對我都是有價值的，對所有人都是有價值的，至少，我想像這座雕像。我肯定，繪畫並不需要傳說。人們不知道燈下工作者想什麼，但卻知道他在思考，他獨自一人在思考。最初的雕像標誌著一種孤獨，標誌著一種孤獨類型的特點。」同注40，頁261。

心中「吊腳樓」的「雕像」恍如巴舍拉所說的「如若我能在我的『最初的』雕像中的一座或另一座中找到我自己，那我會工作得更好。」[47]

> ……我至多明天就可到柏子停船的地方了……。因為柏子上岸胡鬧那一天，正是飛毛毛雨的日子。那地方是我第一次出門離家，在外混日子的地方，悄悄地翻一個書記官的辭源，三個人各出三毛四分錢訂申報，皆是那個地方。我最後見到我們那個可憐的爸爸，我小時節他愛我，長大時他教我的爸爸，也就是這個地方！這地方對我是太有意義了。我還穿過棉軍服，每天到那地方南門口吃過湯圓，在河街上去鑒賞賣船上的檀木活車、鋼鑽、火鐮等等寶貝。我的教育大部分從這地方開始，同時也從這地方打下我生活的基礎。一個人生活前後太不同，記憶的積累，分量可太重了。[48]

對沈從文而言，吊腳樓河街的意象，似乎「充當了森林茅屋，他庇護著我免於挨餓受凍；而如果我有所顫抖，那麼，一定是由於幸福安康的緣故。」[49]而他對在吊腳樓生活的人們有著不可言說的溫暖。《湘行書簡》記錄了船在這裡停泊的地方，插入了對水手的評價，這個評價可以看到沈從文對身上毫無分文的水手純真的性情和會說故事的天分。縱使在漫長的生活中，畫面發生了千百種變化。但是，它保持著自己的統一，它的中心生活。現在，這成為一個經常的形象，回憶與遐想在其中被建立。[50]「船上那開過小差的水手，若誤會了我箱中的

---

47 同上注。

48 〈泊楊家岨〉，《沈從文全集》第11卷，頁174。

49 同注30，頁96。

50 同注40。

東西，在半唱過「過了一天又一天」之餘，也許真會轉念頭來玩新花
樣的。」[51]在沈從文看來，故事環繞在辰河流域吊腳樓展開，「那水手
已拿了我一串錢，上吊腳樓吃鴉片煙去了。他等等回來時，還一定同
我說到河街吊腳樓，同大腳婆娘燒煙故事的。」[52]面對此時此景，沈
從文浮想聯翩，又一次咀嚼著人生的苦味：

> 那種聲音與光明，正為著水中的魚和水面的漁人生存的搏戰，
> 已在這河面上存在了若干年，且將在接連而來的每個夜晚依然
> 繼續存在。我弄明白了，回到艙中以後，依然聽著那個單調的
> 聲音。我所看到的彷彿是一種原始人與自然戰爭的情景。那聲
> 音，那火光，都近於原始人類的戰爭，把我帶回到四五千年那
> 個「過去」時間裡去。[53]

由此可以看到，沈從文湘西小說就是由最初營造的原生態的故事創生
語境開始，這種說故事的心態從接受美學的意義上而言，確實幫助了
文本詩意的生成。誠如王德威指出的那樣：「詩意的生成不在於沈從
文聲稱他的故事有其傳記上的可信性，也不在於他對田園牧歌式的人
物和意象的顛覆，而是在於故事的敘事對話狀況。」[54]這就是講故事
人刻意營造的「湘西」系列文本中封閉環境帶來的詩意效果。而若在
《湘行書簡》抽取某個軸心出來以觸及到沈從文的傳奇當中的話，吊
腳樓似乎成為了傳奇的軸心。

---

51 同注48，頁176。
52 同上注。
53 《湘行散記》〈鴨窠圍的夜〉。
54 王德威：〈批判的抒情──沈從文的現實主義〉，收入劉洪濤，楊瑞仁編：《沈從文
　　研究資料（上、下）》（天津市：天津人民出版，2006年6月），頁873。

在《湘行書簡》抽取出來的片段裡，我們看到吊腳樓似乎成了沈從文描寫水手居住活動運作方式的軸心根柢。這是人文建築之中最簡單的形式，而這種根柢要存在，並不需要太多的枝節分岔，事實上，它單純到不再屬於沈從文的記憶，而已經變成了傳奇。我們從湘西敘事作品中了解到吊腳樓對沈從文的意義，可以舉巴舍拉藉昂力·巴舍連（Henri Bachelin）為例，當談到「茅屋」意象時，正是想像力把它們銘刻在記憶中，同時把我們導引到一種極端的孤寂狀態。這個「茅屋之夢」，對於任何珍視原始家屋傳奇意象的人來說，即如吊腳樓意象的真相對於沈從文，必須來自它的本質當中的張力，這種張力也就是「居住」（habiter）這個動詞的本質所在。[55]

第四節　結論

從文本空間的角度看，《湘行書簡》主要是由五十封信構成的。[56]進一步細讀這些信件，可以清楚地看到沈從文在寫信的過程中，往往多次穿插回憶和聯想。我們應該看到，在上述的地誌空間、社會空間與故事組成的作品裡，這兩種空間並非是截然分開的，而是相互聯繫著的，而巴舍拉空間理論的一些概念恰巧能提供審視沈從文書簡的文化生態下夢與回憶的意義。透過人物生活在一定的地誌空間和社會空

---

55 「巴舍拉比那些夢想著要逃到遠方的做夢者來得辛福，因為他發現，茅屋之夢的根柢，其實就在同一棟家裡。他只消幾筆勾勒出家屋客廳的場景，只須在夜晚的靜謐中聆聽爐火的咆哮，對比著家屋外頭不斷吹襲的冷風，我們就可以知道，在這棟家屋的軸心裡，在燈火所投射出來的光亮之環中，他正活在家屋的環抱之中，他正活在史前時代人類的原始茅屋中。如果我們想要了解當中的細節，要了解種種樓居場所之間的層級關係，要了解所有我們用以活化我們私密感日夢的種種意象、那麼，我們會看到千百種的棲身之所，彼此接壤、相連。」同註30，頁96。

56 書簡內容還包括引子為張兆和致沈從文的三封信，在尾聲另附有沈從文致沈雲六的一封信。

間當中，人物所處的社會空間不可能脫離地志空間單獨存在。在這個由記憶和故事並置構成的文本空間中，沈從文在《湘行書簡》透過寫信和帶些說故事性質，展現了他在地志空間中的旅程和他在社會空間的思維與體驗，刻畫了一位現代知識分子的自我審視，尋味將「蘊藏的熱情」和「隱伏的悲痛」轉化為對湘西下層人生形式的詩意描述，並隱藏在那些看似平淡的細節背後。

第四章
沈從文的博物文化之旅

> 他若是一個短篇小說作者，肯從中國傳統藝術作品取得一點知識，必將增加他個人生命的深度，增加他作品的深度。一句話，這點教育不會使他墮落的！如果他會從傳統接受教育，得到啟迪或暗示，有助於他的作品完整、深刻與美麗，並增加作品傳遞效果和永久性，都是極自然的。
>
> ——沈從文，一九四二年

　　沈從文於新中國成立之後，儼然成了一個文物研究專家，固然經過一段長時間的沉澱，還在於他對知識的渴求，對藝術與文物有著與眾不同的鑒賞能力。這種知識的建構，作品結構的藝術形式既不是偽裝，也非裝飾。新中國之後，沈從文雖然不是作為一個考古探險家存在，但他的後半生是以一種只有在個人時代才成為可能的方式，作為一個人和一種生活存在，畢竟因物質文化的研究而有了博物學家的價值。

　　歷史古蹟與文物探索書賦予中國讀者大眾一種主人翁意識，讓他們有權熟悉被探索、入侵、投資、殖民的遙遠世界。我透過閱讀與沈從文人生事業的重要歷史轉折有關的一些特殊的土改旅行書信文本、自傳體文本記述，著手對此類問題的考察。在考古發掘和博物學興起的語境下，討論沈從文有關《中國古代服飾研究》的書寫，探討作為一種知識結構的博物學的出現。

　　沈從文在歷史博物館待了二十幾年，最後要調入社科院，館長的

意思是要走就走,無人留他,他的單位就像國家的縮小版,其實並不需要他。但沈從文的特別之處在於,就算是遭遇這些屈辱的下半生裡,他並沒有活得屈辱,他在花花朵朵罈罈罐罐裡獲得了另外的自由和榮譽,每個人的生命中,都會有一點任何時代與國家都奪不走的光,沈從文抓住了它,這支撐著他活了下來。

因為興趣廣泛,沈從文成了歷史博物館設計員後,預備作的是工藝美術史,又因為讀書雜,對於各部門工藝相互關係,據他說也還有些理解。所以,他將自己造就成一個行走的百科全書。在博物館工作,加上工藝美術的教學,對於陶瓷、玉、漆器、絲織物,及其他雜工藝美術,他都曾摸索過,並認為文物範圍極廣,不能只限於美術範圍,需要加上銅器和字畫,就差不多了。沈從文做講解、提出意見、撰寫書信、蒐集資料,不知疲倦地固守在文物中。

沈從文三十歲寫《從文自傳》,那時候的他不可能預料以後人生命運的轉折。他二十歲時對於文物的興趣,這個興趣甚至有可能比對文學的興趣產生得更早。或者說,沈從文當時並不會去區分對文學還是對文物有興趣。這種最初對工藝美術的認識,就他而言,「對於人類智慧光輝的領會」,「心」與「物」的相互作用,那是無需刻意劃分開來的。

第一節　「講故事人」的歷史文物書寫

沈從文從事的文物寫作或考古旅行,不是作為現代文學知識製造機器的一個簡單工具,而是作為這些機器的創造者。他不是以體現老家某個權威人物的父親圖式(paternal schema)名義,被派去進行傳遞文化的。他是一位有非凡活力、有能力、有堅韌之人,他創造中國古代的服飾旅行和題材,並耗費畢生精力促進這些旅行和題材。這些

考古旅行和寫作具有史詩氣勢，那是他用自己的生命和抒情氣質寫出來的。服飾研究取得的成就之所以具有史詩氣勢，既歸功於他的性格和他那個時代的要旨，也得力於他自己大膽創新的天賦和充滿熱情的自我實現。因此，書寫沈從文時，除了傾向於將一切歸諸那種生活和那個人。同時，也是探索風格獨特的沈從文藝術、歷史、文物和自然風景的關係。也觀察沈從文作為博物學家，他是如何運用各種官能向自然界中捕捉各種聲音，顏色同氣味，向社會中注意各種人事。在脫去一切陳腐的拘束，維持執筆時如何訓練一個人的耳朵、鼻子、眼睛，在現實裡以至於在回憶和想像裡馳騁。[1]

　　沈從文最早涉及「明錦」、「瓷器」、「絲織」、「玉器」和「字畫」，都各自有工藝聯繫的途徑，這些作為個案研究，可以了解沈從文觀察文物的獨特方式。他對中國歷史上不同時代、不同階層服飾制度的發展、沿革，以及它和當時社會物質生活，意識形態的種種關聯，做了廣泛、深入的探討，提出了諸多新問題和新見解。雖然，沈從文所敘的是服飾，但又不僅以服飾論之。從服飾這個載體，可以窺見中國歷代政治、軍事、經濟、文化、民俗、哲學、倫理等諸多風雲變遷之軌跡。由於服飾雜項牽連廣泛，也很複雜，實際的運作前提是因為材料多，實物與文獻融合，需要找到切入的角度。

　　或許，理解沈從文在〈談談木刻〉的想法，會有助於我們基本掌握：

　　　　它的問題可以作兩點：一是技術上似乎還有缺點，二是作者對象似乎還認識不清。技術上缺點就是功夫不到家。素描速寫基礎訓練不足，抓不住生物動的神氣，不能將立體的東東西西作成平面的畫，又把握不住靜物的分量。

---

1 沈從文：〈《幽僻的陳莊》題記〉，《沈從文全集》第16卷，頁331。

　　素描技術的重點是要把握對象的神氣，這是美術具備的基礎，也是美術講究的功夫。尤其是國畫對沈從文的啟迪，交織在文字與形式裡，是如何達到將人物描繪成有畫面的效果。

　　然而，透過物質文化中的工藝美術與文化生命形態，接觸到的是更多故事的性質，進一步了解沈從文作為主體「講故事人」的自覺而獲得了自己獨特的小說意識。沈從文書寫服飾背後的是各朝代「人」的故事，其中滲透著講故事者的自覺意識，也呈現著講故事的形式。當沈從文作為敘事者一再強調自己講的是一個真實的故事時，其所造成的敘事效果卻是把自己講述的故事推遠，成為一個傳奇。就像本雅明所說的講故事人具備的特性：

> 如果記憶保留的記錄，如歷史學，構成了史詩各種形態的創作溫床，那麼其最古老的形式，史詩，作為一個寬泛的尺度，兼容故事和小說的要素。……記憶創造了傳統的鏈條，使一個事件能代代相傳。這就是廣義上的史詩藝術中源於繆斯的因素，而且還包容史詩的別種變形。冠於這些形態之首的是講故事人的藝術實踐。

德國有句諺語：「遠行的人必有故事可講」，巧妙地點出說故事的人就像是到遠方旅行的水手，沿途蒐集奇聞軼事，而後，回到故鄉，將聽來的故事繼續複述下去。不過，本雅明進而補充，說故事的人有時像是安居大地的農夫，不出遠門，對家鄉的點滴掌故如數家珍，仍然可以是一個說故事的高手。本雅明指出，「記憶創造了傳統的鏈條，使一個事件能代代相傳。」我們看到沈從文在〈學歷史的地方〉這一章裡，興致盎然地回憶起他在統領官身邊擔任小書記的職責，保管整理大量的古書、字畫、碑帖、文物。據他說：

無事可作時，把那些舊畫一軸一軸地取出，掛到壁間獨自來鑒
賞，或翻開《西清古鑒》、《薛氏彝器鍾鼎款識》這一類書，努
力去從文字與形體上認識房中銅器的名稱和價值，再去亂翻那
些書籍。一部書若不知道作者是什麼時代的人時，便去翻《四
庫提要》。這就是說，我從這方面對於這個民族在一段長長的
年份中，用一片顏色，一把線，一塊青銅或一堆泥土，以及一
組文字，加上自己生命作成的種種藝術，皆得了一個初步普遍
的認識。由於這點初步知識，使一個以鑒賞人類生活與自然現
象為生的鄉下人，進而對於人類智慧光輝的領會，發生了極寬
泛而深切的興味。

沈從文就是利用記憶中的傳統鏈條，找到屬於史詩的別種變形——歷
史文物，作為「講故事人的藝術實踐」的最佳演繹。

沈從文在一九四九年發表的〈關於西南漆器及其他〉，曾提到
《邊城》「這個作品原來是那麼情緒複雜背景鮮明中完成的。過去的
失業，生活中的壓抑、痛苦，以及音樂和圖畫吸入生命總量，形成的
素樸激情，旋律和節度，都融匯而為一道長流，傾注入作品模式中，
得到一回完全的鑄造。模型雖很小，素樸而無華，裝飾又極簡，變化
又不多，可恰恰和需要相稱。」[2]

毫不諱言，一切藝術價值的形成，不是單純的材料，完全在你對
於那材料使用的思想與氣力。為了說明沈從文「講故事人的藝術實
踐」方式，與他在〈關於西南漆器及其他〉所說，如何將寫作情緒與
自然環境聯繫一起，得到「素樸而無華，裝飾又極簡，變化又不多，

2　沈從文：〈關於西南漆器及其他：一章自傳——一點幻想的發展〉，《沈從文全集》
第27卷，頁27。

可恰恰和需要相稱」的人生形式。從某種意義上說，這或是沈從文一種從生活與自然現象感受而來的「造型作用」。若按照上述本雅明說的「講故事人的藝術實踐」來看，《邊城》無疑成就沈從文小說文學藝術上的傳奇。而歷史文物則完成了他對最古老形式的探索考證。

美學家蘇珊‧朗格在其著作《藝術問題》中，提出語言「造型作用」的概念。這是語言的一個「自操作過程」，而區別於語言的『通訊作用』。蘇珊‧朗格的立論是符合現代語言學所表達的理念，即語言不僅是思維和認識的再現，同時是情緒、情感的載體。它不僅是一種表現手段，對思維、體驗也起著一種能動的參與性操作作用。所以，我們認為歷史文物書寫方面的文字語言，作為載體所從事的是一種創造性的工作。蘇珊‧朗指出：

> 「語言的這一作用與它通常被人們所承認的那種作用是有極大的區別的。對這種作用，我們可稱之為語言的『造型作用』。這種作用可以達到種種不同的水準，如原始水準和高級水準、無意識水準和有意識水準。在正常的情況下，這種作用與它的通訊作用是重合在一起的，然而總的來說，它們卻是各自獨立的……總的看來，語言的造型能力是人類想像活動的源泉和支柱……」[3]

在蘇珊‧朗格看來，文學創作便是用語言創造一種自成一體的純粹精神，一種作用於人們知覺的表現形式，是『某種可見的，可聽的，或可想像的知覺統一體──某種經驗的完成或結構』、『一個不可分割的和自我完滿的』有機整體。無可厚非，這個有機整體已然成為

---

3 蘇珊‧朗格：《藝術問題》（北京市：中國社會科學出版社，1983年），頁143-144。

沈從文一生事業藝術實踐的最佳證明。可以說，沈從文語言文字的「造型作用」，不僅是情緒和情感的載體，也是思維和體驗的表現手段，這是一種達到高級水準的理想的實踐。這種「造型作用」滲透在雜文物材料再現的語言文字中，是所有書寫本能的基調。

沈從文的物質文化個案研究基於一些共同的問題。在中國現代化進程的特殊關頭，歷史遺跡和文物探索書寫，用何種代碼為中國讀者生產「古中國」的世界？歷史遺跡和文物探索書寫，用什麼方式生產中國不斷變化的關於自身的概念，對比於有可能稱作「文明以外的世界」的東西？沈從文的服飾書寫的表意實踐，如何處置古人對他們所處時代的那些編撰？他們如何認領、修訂、拒絕、超越這些編撰？

在這些個案研究中，一種方法論的假定：重要的歷史轉折改變人們書寫的方式，因為這些轉折改變人們的經驗，以及人們想像、感受、思考其生活世界的方式。因此，書寫上的變化，將會告訴我們與上述變遷有關的某種東西。這種書寫上的變化，如果在歷史上意義深遠，那麼其影響不只局限於一種文類。這個事實使得沈從文的物質文化研究變得重要，那就是追問發生在雜文物書寫上的這些變化，如何與其他的知識和表達形式發生交錯。

沈從文在人生的後半段，透過藝術和文物知識的建構，以歷史文物的藝術形式，為個人晚年找到安身立命的方式。它是在強大的時代和社會力量之下的弱小的個人力量，但是這股弱小的力量，卻非同小可，正如復旦大學張新穎所說的隔了一段距離去看，你可能發現，力量之間的對比關係發生了變化，強大的潮流在力量耗盡之後消退了，而弱小的個人從歷史中站立起來，走到今天和將來。

無可否認，這股弱小力量背後的醞釀，是經過半生顛沛流離，陸續鑲嵌在成長的生命中每一階段。在學習用筆的同時，擴大個人對工藝美術的眼界，由愛好與認識，奠基於綜合比較。由形態和發展，比

較看它的常和變,從而取得知識。沈從文不僅對製造過程充滿興味,對一切美術品包含了作者生活掙扎形式,以及心智的尺衡,理解的特別細而深。無庸諱言,支撐沈從文文學創作的基礎,是「美術」與「人生」的縫合。他雖在文章中說過由於種種限制,卻被迫得用寫作繼續生存,用生僵呆定發霉發腐文字,把腦子裡與顏色聲音分不開的一簇簇印象,轉移重現到紙上的話。但是,卻同時表示文學藝術的優秀記錄,常有相似情形。意思是在文學與文物一樣,就是這麼一份原料,到學習能用筆有所敘述,想從原料中提出一點東西自己塑造時,文學運動的要求,又恰恰是「鄉土回復」與「個人自由表現」理論流行,並得到社會的認可[4]。

誠然,沈從文小時候,即從自然界培養出對音樂和美術的愛好,以及對於數學的崇拜。尤其音樂和美術於他的教育。除了從樂曲節度中條理出「人的本性」,一切音樂都能導引他走向過去和未來,但重要的是認識當前的生命。自然界的風聲、水聲、鳥聲中都能激發與鼓勵他,著重在將一個全人格溶解於音程中,回復其本來作用。也能知道真正讓沈從文感動的是對製作者一顆心,如何融會於作品中,他的勤勞、願望、熱情,以及一點切於實際的打算,全收入他的心胸。

沈從文對美術的愛好,是由於產生動人作品的性格的心,一種真正「人」的素樸的心。而尤其重要的是小市民層生產並供給一個較大市民層的工藝美術,色澤與形體、原料及目的,作用和音樂一樣,是一種逐漸浸入寂寞生命中,和生命發展嚴密契合分不開。

---

4 沈從文:〈關於西南漆器及其他〉,《沈從文全集》第27卷,頁21、23-24。

第二節　文學藝術與文物的關係

　　沈從文的文學是一種「抒情」的文學，他的作品無論是小說、散文、書信，又或者是物質文化研究，總是洋溢著動人的情致，抒情意味相當濃厚。這和他對小說筆法的經營相關，也和他善於一面支配材料，一面就材料性質注入他個人的想像和感情。正如他所說的「作者在小小作品中，也一例注入崇高的理想，濃厚的感情，安排得恰到好處時，即一塊頑石，一把線，一片淡墨，一些竹頭木屑的拼合，也見出生命洋溢。」[5]因此，我們可以知道他口中的支配材料，就是如何運用宋元以來的繪畫手法，增加短篇小說的吸引。同時，更要特別強調「設計」的重要性，著重創作者的匠心獨運：

> 這些繪畫無論是以人事為題材，以花草鳥獸雲樹水石為題材，
> 「擬真」「逼真」都不是藝術品最高的成就，重要處全在「設
> 計」。什麼地方著墨，什麼地方敷粉施彩，什麼地方竟留下一
> 大片空白，不加過問。有些作品尤其重要處，便是那些空白處
> 不著筆墨處，因比例上具有無言之美，產生無言之教。（〈短篇
> 小說〉）

這裡談的雖然是小說，但我們在〈關於西南漆器及其他〉一文中，了解到沈從文如何透過「設計」，以漆奩與漆盒知識在蒐集範圍和圖紋形製上，構建個人的博物認知。他將這些器物的生命形態，一個接一個地被它們紛繁糾纏的生活環境中抽離出來，重新編織進西南文化史為基礎的工藝美術，自成一自然系統，從中可以窺看他文學藝術與文物的關係。

5　沈從文：〈短篇小說〉，《沈從文全集》第16卷，頁504。

　　沈從文如博物學家般提取器物，不僅從其彼此的有機或生態關係中，而且從它們在其他民族的經濟、歷史、社會，符號系統的地位中。可以說他的民俗文物美術品知識與更為有價值的地方知識並存。

　　沈從文預言性提到，漆器和漆盒，馬鞍及其他鬃飾物，與石刻、編織物的多樣性，會為勤勞的工藝史家找到足夠從事多年的研究，正如它也會為不止一個設計者找到足夠從事多年的製作一樣。這些圖式設計構成不同的策略，其目的是實現全部屬於沈從文博物文化所共有的一項計劃，即器物形製表現「古典傳統與區域性風格的混和」。這更是一個關於「新的可見性場域得以全面構建」的問題。

　　沈從文對雲南的印象是這裡的鄉村人民勤快、樸質，以及多數農民和水邊漁民在窮困中掙扎的生活方式，是老中國人民共通的方式。因此他所做且被認為要做的是啟動一項有待在西南文化這個最具體意義上的地方，實現為歷史所忽略，亦未曾為現代學人注意過的東西，傳遞出這項事業的能量、刺激和啟發。作為書寫，這次寓居提供雜文物書寫結構的範例，也將發現素陶收集可排成一新系統的理想，與如何構建這種系統的具體、實用的建議結合起來的知識。

　　同時，想說明的是，沈從文當時曾以一種相當意味深長的方式，鼓勵學習美術的兩個年青朋友向雲南西部深入旅行。他們以「現代徐霞客」的方式，用藝術家或新聞記者身分，提供了自由通道。結果用了八年時間，在印緬國境毗連的區域作了千件雪山景物，記錄、繪圖，游記、保存、報告，拼命地試圖把這一切原封不動地寄回昆明。信息被記載到書中，成為西南文化唯一的開荒者。那些游記和報告，增加了世人對於這地方剩餘潛伏文化的濃厚興味。

　　在沈從文看來，自然是器物的巨大集成，他自己作為監督及蒐羅者，在昆明四處走動，為它們貼上各種標籤。他有一個從事這種艱巨任務的先驅：陶雲逵。這位曾在中央研究院作人類學研究，在佛海、

麗江、中甸一帶邊區作過人類學考查二年，並蒐集過民俗學器物圖片
數千件。沈從文從他那裡了解到漆器製式分別的知識，引起圖紋鑲嵌
設計的探索興趣。沈從文就是靠這「三方面知識，增加了我原來所作
假定與推測，並無謬誤」的證明。[6]

　　我們可以看到沈從文對器物的觀察和形態變得可以敘述，它可以
構成一系列事件，甚或產生一個情節。如「在黔滇邊境一個小客店
中，發現當地煮烤茶用的白瓷罐，大開片厚釉，竟完全和北平古董商
認為『明代仿哥瓷』同一形製。又在一個小縣城公用水井旁，看見個
婦人用大瓷罐取水、銅環勾著罐耳蟠虺紐，竟十分精美，式樣完全如
宋製，刻劃花紋尤奇古精巧。到昆明後，為辦伙食用具，去青雲街陶
器店選擇，忽發現木架上層，還剩餘一批滿是灰塵的舊貨。綠釉黑釉
陶器，都汁水濃厚，溫潤無匹，形製尤古秀動人。有四楞瓜式和帶蓋
筒奩式，猶完全保存定窯風。有些鼠灰釉釉面毛毛的，胎質薄而帶青
灰，竟和傳世越窯如嫡親兄弟。」[7]這段文字可以形成一個完整記述
的主要情節。從某種角度看，沈從文作為雜文物採集者，這樣的描寫
一直是他物質文化研究傳統構成的部分。

　　沈從文在談及一類漆器時說：「更大發現還是能容三斗的大奩，
上下四周人物繁複重疊，純暹緬風，內中套盒卻如唐鏡花紋，壯與秀
並。又得到一個仿銅器有提梁的朱墨二色漆籃，四隻腳，中部透空，
有蓋活動卻不能取下。設計真可說樸茂典雅，形製完全如漢器。又得

6　沈從文曾藉由器物『緬盒』圖紋彩飾四種設計的發現，作過三種假定：一、這種漆
　　器從花紋形式上看，本來或比朝鮮發現蜀製漆器還早些。二、這種漆器或為西南邊
　　民特具器物（如繪蠻女樂舞及火燒藤甲兵）。仿漢式，而成熟於南詔以前。三、這
　　種漆器系印緬產，或受佛教影響而成。因王子象車兵陣行列，與柬埔寨佛教遺跡作
　　風相似。尤其是大型漆奩多如此。但形式還是出於漢式。見〈關於西南漆器及其
　　他〉，《沈從文全集》第27卷，頁33。

7　同上注，頁30。

一素漆圓盒，作殷紅色，可注意處是裡層墨繪海水，竟完全如漢陶上紋案，外面紅漆上用細小黑點牽連成線，如漢陶針刻花飾。又得一黑漆大斛，用薄木片圈成，繪捕象圖，二象奴作生擺夷〔清代對傣族的稱呼〕裝，樹如漢畫連理柏，拙中見媚，極其生動。」[8]

在這包括古墓古墳發掘的出土器物、舊家正廳神桌前的精美器物等異常眾多的器材處理和形製花樣，都為沈從文人文精神的好奇心，提供一個碩大無比的景觀，其總數如此之大，以至於看起來並確實在所有細節設計上是細膩而豐盈的。顯然，沈從文文學藝術與文物之間的關係，即以「看形態，看發展，並比較看它的常和變」，作為他提取地方器物並將它們重新分配進自然系統，這樣一種新的知識形態方法之中。

第三節　抒情考古學

作為文物研究專家的沈從文，《中國古代服飾研究》有他對民族文化的全部感情沉澱與知識積累，有他樂於探尋「物」背後常被人忽視的「人」的存在的印記，也有對歷史長河人事的深刻理解。沈從文以為歷史人物生命的痛苦憂患，是屬於人類情緒一部分的發展史，由痛苦方能成熟積聚的情，這個情即深入的體會，深至的愛，以及透過事功以上的理解與認識。對人生「有情」，就常和在社會中「事功」相違背，處理得不好，易顧此而失彼。管晏為事功，屈賈則為有情。所以沈從文認為《史記》列傳中寫人，需要作者生命中一些特別的東西，這個觸動作者生命深切體驗的情，經過歷史的洗滌，進入時空隧道，與後人溝通。

8　同注5，頁35。

　　回想沈從文十八歲時在一個統領官身邊作書記時，幫忙統領官登記百來軸自宋至明清的舊畫，幾十件銅器及古瓷，十幾箱古籍和一大批碑帖而培養出來的興趣外，大概就是因為他認為文物能反映民族與這塊土地深厚而寬廣的生存之道，能夠使他貼近地面，不至於轉入虛無。汪曾祺在〈沈從文轉業之謎〉文章中提到說：「從寫小說到改治文物，而且搞出豐碩的成果，失之東隅，收之桑榆，就沈從文個人說，無所謂得失。」這是在「事功」上承認沈從文文物研究成就的證明。此時，他已徹底離開文學事業，轉向物質文化史知識的建構。

　　其實，沈從文早在一九三六年發表的〈沉默〉，以自己擱筆兩年，沉思寫作對生命的意義。他在文章中表示有兩個方法可以證明個人的存在：一是從事功上由另一人承認而證明；另一是從內省上由自己感覺而證明。彷彿孤獨的寫作，不僅有個人屬意要寫的東西，「創作最低的效果是給自己與他人以人性交流的滿足，由滿足而感覺愉快，這效果的獲得，可以說是道德的。」這是說不因為要滿足多數人的庸俗而存在，只要由滿足而得到愉快效果的獲得，這過程可以「有情」來形容，也可以說是作為「抒情考古學」的前提。而「事功」的任務，是工具性的，這工具必需如何造作，方能結實牢靠，像一個理想的工具。因此，要把「事功」與「有情」放在平等的位置上，我們知道沈從文五、六十年代嘗試寫作後的低潮，不能不說是另一種沉默。這種沉默，就是準備著一種更有意義的振翅。或許撇開政治，文物研究大抵做到和文學一樣，「作品能存在，仰賴讀者，然對讀者在乎啟發，不在乎媚悅」的任務，也確實是沈從文叩問存在和生命意義的方式。

　　《中國古代服飾研究》[9]是沈從文物質文化史研究的代表性成就，成為中國古代服飾這一專門領域的開創性著作。此書涵蓋的時間

9　《中國古代服飾研究》再版多次，本文主要參考上海書店出版的縮印本。上海市：
　　上海書店出版社，2011年7月。

始於中國文明發端，終於清代，橫越整個民族文物發展史。二十多萬字說明，四百多張圖片，從商朝到清初，前後三千多年。涉及文物五花八門，如繪畫、織品，服飾、玉器、絲綢、漆器、瓷器、紙張、金屬加工等等，他都要進行觀摩、核實、比較、考證萬種實物。我們不僅要問，他進行材料篩選時，所用方法、鑒賞的形式和內容的基礎，是怎樣的一套方法！況且，材料這麼多，他最初如何揣摩歷史文物的特質，窺探古代人民生活的方式，讓後人看到並帶來某種意義上的改變。不過有一點可以肯定的是，沈從文藉圖片和文字展示中國人穿衣打扮的講究，他讓我們深信即使人民所熟悉圖案的形象，和它應用的範圍，以至於給人情感上的影響及概念，中華文明是要在歷史中探索觀察，及關聯的一切事物都是在發展中不斷變化。

沈從文談藝術與文物的文章，涉及各朝代衣、食，住，行等多方面的裝飾配備，這裡卻不只是集中在文物的展現。他考證歷史文物有興趣的是人，有他對人生形式轉化為民族生活美術發展史的寄託。《花花朵朵、罈罈罐罐──沈從文談藝術與文物》（以下簡稱《談藝術與文物》）彩圖版中收集的諸多文章，讓我們嘗試窺探這個和抒情詩人氣質相聯繫的沈從文，其對「人」與「物」的內涵，到底是怎麼樣的一種人生形式。汪曾祺形容他：「因為這種抒情氣質，從不計較個人得失榮辱……他搞的文物工作，我真想給它起一個名字，叫做『抒情考古學』。」又說沈從文向來「為這些優美的造型、不可思議的色彩、神奇精巧的技藝發出的驚嘆。他熱愛的不是物，而是人，他對一件工藝品的孩子氣的天真激情，使人感動。」

沈從文的「抒情」特質，透過「歷史」這樣經常出現的一個詞，加上流動的「水」。我們自然會想起《湘行散記》裡的〈一九三四年一月十八〉那一篇，水邊抒情中有這麼一段：「看到日夜不斷千古長流的河水裡石頭和砂子，以及水面腐爛的草木，破碎的船板，使我觸

著了一個使人感覺惆悵的名詞，我想起『歷史』。」

　　服飾研究提供沈從文一個獨特的切入點，使他得以進入另類歷史，並以「有情的歷史」來對照「事功的歷史」。服飾的發展，占據一個柔軟的空間，而且是流動的時間，展示身體與社會，情感與物質，個人感性與文明體制，實用與消費連接一起，相互競逐。因此，「考古學」不僅意味著沈從文考掘一個已逝文明的物質文化與環境資料，也意味著他研究埋葬在時間廢墟裡的人的情感與種種想像。與汪曾祺提到的「抒情考古學」一樣，王德威認為「抒情」既指沈從文自我反思的詩情，也是指他對中國人浮沉在時間之流的情感回應。[10]

　　《談藝術與文物》是眾多沈從文物質文化史文章選編當中，最有分量的一本，它收集的多篇文章不但使我們了解沈從文轉業前後的心路歷程，也讓我們體會沈從文選擇事業的複雜心情和人生轉折面對的重大問題。書中除了汪曾祺的〈沈從文轉業之謎〉為代序外，其他有：〈學歷史的地方〉、〈一個長會的發言稿〉、〈文史研究必須結合文物〉、〈抽象的抒情〉、〈我為什麼始終不離開歷史博物館〉、〈從新文學轉到歷史文物〉和〈無從馴服的斑馬〉。這些文章印證了沈從文對自己文學理解和時代的文學要求之間的距離，有相當清醒的認識。而文學藝術，可以說是他認識其他生命的開始。

　　沈從文認為文學藝術，是莊嚴的事業，因為它是生命轉化的形式，他在〈抽象的抒情〉中說：

　　　　惟轉化為文字，為形象，為音符，為節奏，可望將生命某一種
　　　　形式，某一種狀態，凝固下來，形成生命另外一種存在和延

10　王德威：《史詩時代的抒情聲音》（臺北市：麥田出版社，2017年），頁212。

續，透過長長的時間，透過遙遙的空間，讓另外一時另一地生
存的人，彼此生命流注，無有阻隔。
文學藝術的可貴在此。文學藝術的形成，本身也可說即充滿了
一種生命延長擴大的願望。至少人類數千年來，這種掙扎方式
已經成為一種習慣，得到認可。

文學藝術超越時空的限制，換上另一種人生的形式，生命就得以凝固
的狀態存在和延續。文學藝術的形成，即為了達到生命延長擴大的願
望和莊嚴的掙扎，才可以產生不朽。「因此，兩千年前文學藝術形成的
種種觀念，或部分，或全部在支配我們的個人的哀樂愛惡情感，事不
足奇。約束限制或鼓舞刺激到某一民族的發展，也是常有的。」

在變化是常態下，現代人讀荷馬或莊子得到快樂或啟發，又現代
建築家從古埃及小小雕刻品得到建築裝飾的靈感，「可以證明生命流
轉如水的可愛處」和文學藝術的不朽和永生。〈抽象的抒情〉有這麼
一句：

只是說歷史上有這麼一種情形，有些文學藝術不朽的事實。甚
至於不管留下的如何少，比如某一大雕刻家，一生中曾作過千
百件當時輝煌全世的雕刻，留下的不過一個小小塑像的殘餘部
分，卻依舊可反映出這人生命的堅實、偉大和美好。無形中鼓
舞了人克服一切困難挫折，完成他個人的生命。

沈從文之所以棄筆從「物」，是在特殊時代和政治環境壓力下做出的
選擇，其中一個重要的前提，是他深刻明白到文物和文學一樣，能證
明自己人生形式的展現和生命的意義。王德威和張新穎分別根據沈從
文在五十年代的書信，勾勒沈氏有關「事功」和「有情」的看法。並

且對他後期從事文物研究是基於「事功」（外交）歷史任務，如何變成「有情」的歷史任務。而沈從文在五十年代正是遭遇了前所未有的思想和文學上的困境，以政治要求「事功」，要求「致用」的標準和尺度而言，「有情」如果不符合這個標準和尺度，就可能被判為「無能」和「無知」。

沈從文對文物研究的選擇，是孤獨的努力和追求。人生的轉化形式加上情緒的變動，也許多少有如上述所說一切事物在發展中不斷變化流動的過程。即如沈從文在一九四二年寫《長河》時，沈從文有意識地不僅像《邊城》那樣，寫出民族的「過去偉大處」，也即他重新寫完全書後，在題記中所說，「用長河流域一個小小的水碼頭作背景，就我所熟悉的人事作題材，來寫寫這個地方一些平凡人物生活上的『常』與『變』，以及在兩相乘除中所有的哀樂。」

所謂「常」，即指樸質、勤儉、和平、正直等樸素人性美，優良的民德品德；所謂「變」，即是經過二十年來的內戰所造成的人事上的對立和相左，人性的衝突，人與人之間樸素關係的日漸消失，從而給首當其衝的農民從肉體到精神所帶來的傷害。儘管沈從文熱切希望新的抗日戰爭也許會淨化未來的中國。或者，我們換個角度看沈從文事業上的選擇，也許他孤獨的努力和追求之不被理解，了解「常」與「變」在時代的洪流，戰爭人事上的對立與人性的衝突，這些都是歷史文化發展中不斷變化的人生形式。

第四節　「抒情史證法」和文圖互證

沈從文在一九四七至一九四八年在北大任教時，僅存的一篇〈關於說書〉講課的教案，講課內容是關於中國歷史上「說書」現象的研究。這篇教案的內容卻較為簡單，前部分談說書發展，採取斷代史的

方法，但也只談及唐宋。後部分涉及對《老殘遊記》中「王小玉說
書」的片言隻語，行文太過簡單。而沈從文是一九四九年八月由北大
國文系轉到歷史博物館的。人事關係離開北大後，仍在北大為博物館
專修科兼課，講授陶瓷史等。但他在一九四八年為北大籌備博物館
時，已全力相助，把個人收藏的許多瓷器、貝葉經等古文物、民間工
藝品、以及從雲南蒐集的全部漆器捐出，並且準備陶瓷史課程，著手
編寫教學參考書。由於館務的瑣碎和教學的轉移，導致〈說書〉教案
簡單粗略，其實他根本就是無暇兼顧陶瓷史和文學課。或許，文學課
教案大概已成為他對小說的最後陳述。該教案現收入《沈從文全集》
第二十七卷《談話及其他》集中。

　　汪曾祺在〈與友人談沈從文〉中回憶他在昆明當沈從文的學生的
時候，「他跟我（以及其他人）談文學的時候，遠不如談陶瓷，談漆
器，談刺繡的時候多。他不知從哪裡買了那麼多少民族的挑花布。沏
了幾杯茶，大家就跟著他對著這些挑花圖案一起讚嘆了一個晚上。有
一陣，一上街，就到處搜羅緬漆盒子。……昆明的熟人沒有人家裡沒
有沈從文送的這種漆盒。有一次他定睛對一個直徑一尺的大漆盒看了
很久，撫摸著，說：『這可以做一個《紅黑》雜誌的封面！』」可見沈
從文對文物的痴心程度，甚至生活作息都受到影響。

　　沈從文到歷史博物館，從外在的現實環境考慮，無疑是「逼上梁
山」。但依然清楚知道他文學藝術的培養，是有主動準備，有自然條
件的。一九四九年二、三月期間，沈從文在極端的精神痛苦中，寫了
兩章自傳〈一個人的自白〉和〈關於西南漆器及其他〉，後一篇文章
有個副題〈一章自傳──一點幻想的發展〉。西南漆器是沈從文在抗
戰爆發後的昆明時期特別注意和大量蒐集的。連結這副題，我們可將
主題作更社會學性的理解，從而看到沈從文寫西南漆器有關知識的學
習面向，使個人對於工藝美術從吸收到實踐，竟至於顧不得文章的組
織而寫出。

　　在這章自傳裡，他描述和分析了美術、工藝美術與自己的深切關係。他說：

> 我有一點習慣，從小時養成，即對音樂和美術的愛好……認識我自己生命，是從音樂而來；認識其他生命，實由美術而來。……看到小銀匠捶製銀鎖銀魚，一面因事流淚，一面用小鋼模敲擊花紋。看到小木匠和小媳婦作手藝，我發現了工作成果以外工作者的情緒或緊貼，或游離。並明白一件藝術品的製作，除勞動外還有個更多方面的相互依存關係。而尤其重要的，是這些小市民層生產並供給一個大市民層的工藝美術，色澤與形體，原料及目的，作用和音樂一樣，是一種逐漸浸入寂寞生命中，娛樂我並教育我，和我生命發展嚴密契合分不開的。

這不是嚴格意義的美術訓練，卻發展了愛好和理解，這種愛好和理解「有一點還想特別提出，即愛好的不僅僅是美術，還更愛那個產生動人作品的性格的心，一種真正『人』的素樸的心。」正因為這種愛好，「到都市上來，工藝美術卻擴大了我的眼界，而且愛好與認識，均奠基於綜合比較。不僅對製作過程充滿興味，對製作者一顆心，如何融會於作品中，他的勤勞，願望，熱情，以及一點切於實際的打算，全收入我的心胸。一切美術品都包含了那個作者生活掙扎形式，以及心智的尺衡，我理解的也就細而深。為擴大知識範圍，到北平來讀書用筆，書還不容易斷句，筆又呆住於許多不成形觀念裡無從處分時，到北平圖書館（從宣內京師圖書館起始）的美術考古圖錄，和故宮三殿所有陳列品，於是都成為我真正的教科書。讀誦的方法也與人不同，還完全是讀那本大書方式，看形態，看發展，並比較看它的常和變，從這三者取得印象，取得知識。」

　　沈從文在自傳中的「感物」體驗有人類生活的痕跡,其構思的深化、情感的滲透和美術品形象孕育相互生發,他從而感受到凡是遇到的人事物理,都可直接由「感物」而獲得審美體驗。他寓居雲南八年,留心到西南文物中一些藝術品的製作過程為歷史和現代學人所忽略,其中主要是漆器,由此「對於西南文化某一面,我卻有了些幻想,到假定,終於得證實的問題」。因而保留了新印象,得到新啟發。

　　毋庸諱言,沈從文傾注後半生精力研治物質文化史。文物研究的涉獵之廣,專題之多,令人驚訝。從《沈從文全集》的第二十八卷至三十二卷,專門性研究有:玉工藝、陶瓷、漆器及螺甸工藝、獅子藝術、唐宋銅鏡、扇子應用進展,中國絲綢圖案、織繡染纈與服飾、《紅樓夢》衣物、龍鳳藝術等等。而他得以系統完成的是《中國古代服飾研究》。他的方法是到庫房和陳列室與大量實物進行實際接觸,從而得出文物研究必須實物和文獻互證,文史研究必須結合文物的見解和主張。王國維在一九二五清華研究院的「古史新證」課上,就提出了以「以地下之新材料」補正「紙上之材料」的「二重證據法」。沈從文固然沒有什麼理論方面的訓練,他的結論是從自己的親身體會中自然得出的。而事實上,他的這種主張也確實和他人不同。

　　沈從文文物研究使用的獨特方式,原則上和王國維的「二重證據法」是一脈相通的。大致可概括為三方面:一是取地下之實物與紙上之遺文互相釋證;二是取異族之故書與吾國之舊籍互相補正;三是取外來之觀點,與固有之材料互相參證。可以說,沈從文是在王國維對於古史問題的探索,而得到新啟發。〈文史研究必須結合文物〉文章中「證明對於古代文獻歷史敘述的肯定或否定,都必須把眼光放開,用文物知識和文獻相印證,對新史學和文化各部門深入一層認識,才會有新發現。」他從而發展了一套看文物的方法,就是在歷史發展中觀察文物的變化:

必須從實際出發，並注意它的全面性和整體性。明白生產工具在變，生產關係在變，生產方法也在變，一切生產品質式樣在變，隨同這種種形成的社會也在變。這就是它的發展性。……最常見的弄古代文學的，不習慣從詩文和美術方面重要材料也用點心。講美術史的，且有人除永遠對「字畫同源」發生濃厚興味，津津於繪畫中的筆墨而外。其餘都少注意。談寫生花鳥畫只限於邊鸞，黃荃，不明白唐代起始在工藝上的普遍反映。……談水墨畫的，更不明白和五代以來造紙製墨材料技術上的關係密切，而暈染技法間接和唐代印染織物又相關。更加疏忽處是除字畫外，別的真正出於萬千勞動人民集體創造的工藝美術偉大成就，不是不知如何提起，就是浮光掠影地一筆帶過。只近於到不得已時應景似的找幾個插圖。

這種觀察文物的獨特方式，牽連廣泛，也很複雜，實際的運作前提是因為材料多，沈從文不得不採取先拋開文獻，只從出土的材料來看問題。也不談結論，先談實物，以向文物涉及的各部門提供最新資料的研究方法。這種以觀察為主的方式，恰如梁啟超在〈美術與科學〉中說的：「科學根本精神，全在養成觀察力。養成觀察力的法門，雖然很多，我想，沒有比美術再直捷了。」這固然與沈從文決意開拓一種嶄新氣象的認識與態度的想法是一致的。而我們可以將沈從文新的文化研究工作，稱之為「抒情史證法」，「因為其實本質不過是一種抒情」。

　　這裡以沈從文文物研究中的〈古代鏡子的藝術〉用作說明文圖互證的案例，窺探他如何結合文獻資料，完整的交代鏡子製造的情況。行文組織大概環繞在歷史發展→工藝聯繫→裝飾應用→生產技術與表現技法，中間輔以故事和思想文化的影響。整體脈絡清晰，突出展現

工藝美術各部門技術的變化帶來新發展，促進「人」和「物」的知識融合。

〈古代鏡子的藝術〉分兩個階段敘述，以時代為經，造型與圖案為緯，進行梳理。前部分談鏡子造型的兩種風格，一種鏡身厚實邊沿平齊；一種鏡身材料極薄，邊緣上卷。圖案主題處理則較複雜，前者用淺浮雕、高浮雕和透空雕等技法。後者用淺浮雕，地紋或作渦漩雲紋、幾何紋及絲綢中的羅錦紋。圖案方面談到西漢初年社會，已起始用鏡子做男女間愛情表記，生前相互贈送，作為紀念，死後埋入墳中。以致有「破鏡重圓」的傳說。

時代的成熟，構圖變化豐富和浮雕表現技法的都有新發展。也可憑此線索追蹤神仙方士思想的侵入與西王母傳說流行時代和越巫關係的問題。「南北朝晚期，表現技法上逐漸使用寫生花鳥的浮雕圖案，層次起伏，稜角分明，充滿了一種溫柔細緻情感。」這就是王德威形容沈從文文物研究時，具有凝視中華民族時間之流的情感回應下的「自我反思的詩情」效果。

這樣的一種「感物」抒情方式，也在後部分描述唐代物質文化史方面，透過工藝聯繫時盡情流露，「即造型藝術各部門的發展，都顯得色調鮮明，組織完美，整體健康而活潑，充滿著青春氣息。」這個階段，鏡子造型突破傳統圓型的束縛，創造出各種花式鏡，包括創造有柄手鏡。圖案方面，組織表現多樣化，諸如花鳥蜂蝶，傳說或神話中的珍禽瑞獸、社會生活。唐人習慣生活中以此作裝飾圖案，應用到鏡子上時更加見得活潑生動。從中可知自唐代始，很多佛教故事在民間廣泛傳播，有利於普及各種宗教教義和迷信習慣，如求子和為嬰兒尋求保佑等，是直接和有效的工具。所以沈從文認為唐鏡圖案最值得學習之處，是因為其十分富於風趣人情，具有高度真實感。沈從文所說的真實感，因為唐鏡圖案受到宗教信仰傳統的影響，反映大眾生活的意義，充實了民生的情感張力，顯示物質生活的繁雜興盛。

　　因此，沈從文強調對過往時代的感覺，是必需要靠視覺／圖像觀摩和縝密的詮釋學作輔助。這裡也提供一種如何谷理（Robert Hegel）認為的，作為集體文化遺產的一部分，這些圖像可以外化稍縱即逝的時刻，或促進讀者的情感認同：

> 圖像——尤其是那些充滿情感而包含著熟悉的、程式性的元素的中國圖像——可以超越時間；它的作用並非只是延緩時間，而是把久遠的時間和事件與當下聯繫起來，不僅僅是再現而是以召喚的形式重構情感力量甚至道德意義，這使觀者可以透過參與（重新）建構那些經圖像描繪和暗示的人類經驗，最終與藝術家聯繫起來。

雖然何谷理針對的是有關於傳統中國插圖本小說的研究中而提出，通俗小說中的木版印刷插圖不僅有使敘述可見化的功能，也針對讀者的集體情感呈現出總體時空而言。

　　根據上述所言，這些傳統的中國圖像不敘述細節，它只用以指涉人類和文化的聯繫。但其實更重要的是沈從文確實透過參與或重新建構那些經圖像描繪和暗示的人類經驗。還有就是他善於藉畫作來鑑定他所討論的服飾文物。一九六三年寫的〈過節和觀燈〉一文中聯想起許多用「鬧龍舟」作為題材的藝術品。後來在編《中國古代服飾研究》時，沈從文以十年後長沙子彈庫楚墓出土的男性馭龍陞天帛畫。這是較早出現的龍舟之外，並說人物「寬衣博袍，頭上著薄紗高冠一片，和領下結繧，均若用極其輕薄絲織物作成」。這種古老的畫法和一種更為古老的思維方式之間有一些關聯。在這種思維方式裡，「象」被看作是世上各種現象、物體、形態的抽象形象。它們獨立存在而且概念化。然而沈從文指出帛畫實本於黃帝陞上傳說為死者而

作，圖像應即死者本人。他提出的佐證之一是敦煌壁畫中的東王坐在上面去會西王母，雲遊遠方，象徵「駕六龍以馭天」。再者，以曹植《洛神賦圖卷》裡有相似而不同的龍舟，彷彿「駕玉虬而偕逝」情形，作為其對洛神的眷戀懸想。只是這些龍舟有的近於在水雲中遊行的無輪車子，有的又和五月端陽少直接關係。[11]

沈從文以「文圖互證」為文物鑑別提供有利條件，傳統古代服飾用以培養情感，促使讀者與文本認同。它們很少單獨流傳，意義也不可能脫離文字或反抗其中的世界觀。舉例如從秦朝至漢代衣襟制度的發展，聯繫到始皇陵前發現幾件大型婦女坐俑，得知衣著多繞襟盤旋而下。這種衣服，原來從大襟至脇間即向後旋繞而下。其中一式至背後即直下，另一式則仍回繞向前，和古稱「衣作綉，錦為緣」有密切聯繫。才明白衣著剪裁方式由戰國到兩漢，結束於晉代。《東宮舊事》和墓葬中殉葬鉛木簡牘，都提到「單裙」、「複裙」。提到衣衫時，且常有某某衣及某某結纓字樣。結纓即繫衣時代替紐扣的帶子，分段固定於襟下的。[12]

有必要說明，這些文字圖像的使用，主要依靠習慣和熟悉性。沈從文即是依靠美學，情感價值和熟悉的中國古代文化系統，象徵意義的藝術範疇，來駕馭他的服飾研究之旅。而視覺／圖像是資訊的主要載體，它強調轉變、創新和特殊，並為沈從文連接古今服飾，與服飾所代表的文化的常與變。他的敘述引導我們進入一個閾域，在其中時間軌道縱橫交接，依靠有意味的形式——「有情」，作為一種感覺震動及一種生命境況，成為溝通有無的標記。

---

11 沈從文：〈過節和觀燈〉，收入《花花朵朵、罈罈罐罐——沈從文談藝術與文物》，頁174。又見《中國古代服飾研究》之〈戰國帛畫婦女〉，（香港：商務印書館有限公司，2020年），頁49-51。

12 同上注，頁169。

第五章
沈從文與歷史博物館

　　沈從文處在時代與歷史的交界，他的博物情緣是了解他與歷史博物館關係之間一個很好的方式。除此之外，還要知道有關於他在一九五一至一九五二年間進行土地改革期間的生活經歷，是如何影響他的情緒與思維。由此，這段時期他與家人書信的往來和一些檢查材料，就可以相當清楚他最終的決定。為了了解這段一點也不輕鬆的歷史時，把它稱作沈從文作為一個創造性的作家的「生命的消失」，即所謂「提前死亡」。這「消失」（死亡）卻是「緩慢而又痛苦的」，現在只是開始。人們注意到這一時刻沈從文寫下的兩篇文章：〈收拾殘破〉與〈關於北平特種手工藝展覽會一點意見〉，其中談到了歷史學家向達「為炮火轟炸下歷史文物有所呼籲」，以為這是「國內多數學人的共同願望」。沈從文因此而提出了「文物保衛」，期待透過故宮博物院的改造，特種手工業的扶植，新的文物、美術教育的開拓，「為國家帶來一回真正的『文藝復興』」。

　　這個事實使得沈從文在五十年代初，在進入歷史博物館擔任專職講解員前後的生活情境，經歷的事情顯得重要，那就是追問發生在川江縣抒情感傷情緒上的這些變化，雖然他是以一個土改成員，被安排在農村進行學習。但為國家、民族保留最後一點文物的言行，都在通信裡表達出來。這樣的想法似乎並不僅僅屬於沈從文個人。女作家趙清閣一九四八年末曾有一次「北行」，見到了許多著名的文化人，據說梁實秋在與她的談話中，最為關注的也是文物的保護與搶救。

　　在對這些名之為「抒情感傷」的書信中，可以意識到，那些接待

沈從文等來訪者的村民們，他是如何看待他們？沈從文又是如何與其他知識和他的博物發生互動？他探討學習者與被戲仿者之間的關係，根據的不是分離，而是共存、互動、連鎖性的理解和實踐。這裡以有意味的形式，描述沈從文在土改隊生活和工作的具體情況。

第一節　進入歷史博物館的時機

汪曾祺在〈沈從文轉業之迷〉談到歷史博物館成立之初的人事和沈從文當歷史博物館講解員的印象：

> 北平解放前一年，北大成立了博物館系，並設立了一個小小的博物館。這個博物館是在楊振聲、沈從文等幾位熱心的教授的贊助下搞起的，館中的陳列品很多是沈先生從家裡搬去的。歷史博物館成立以後，因與館長很熟，時常跑去幫忙。後來就離開北大，乾脆調過去了。沈先生改行，心情是很矛盾的，他有時很痛苦，有時又覺得很輕鬆。他名心很淡，不大計較得失。沈先生到了歷史博物館，除了鑑定文物，還當講解員。常書鴻先生帶了很多敦煌壁畫的摹本在午門樓上展覽，他自告奮勇，每天都去。我就親眼看見他是熱情興奮地向觀眾講解。一個青年問我：「這人是誰？他怎麼懂得這麼多？」從一個大學教授到當講解員，沈先生不覺得有什麼「丟份」。他那樣子不但是自得其樂，簡直是得其所哉。只是熟人看見他在講解，心裡總不免有些淒然。

汪曾祺在上述回憶文字中說的北京大學幾位熱心教授贊助而成立的小小博物館，成員包括胡適、湯用彤、向達、裴文中、楊鍾健、韓

壽萱、段宏章、黃逸夫、唐蘭、楊振聲、馮蘭洲等組成的北京大學博
物館籌備委員會。這一年，北大並決定成立博物館專修科，專修科設
在文學院內，屬文學院史學系。

　　一九四八年二月，北京大學正式開始籌備博物館，由韓壽萱任館
長，館址設在沙灘北京大學圖書館的後面。沈從文對北大成立博物館
給予了極大的關注，他不僅參與了各專題的布展工作，而且把自己收
藏的西南漆器借給博物館，闢一專室，公開展出。博物館的負責人韓
壽萱在陳列說明中稱這些漆器「在工藝史與其他美術著錄上，尚未經
人道及，不失為有價值的資料」。沈從文後來又把多年蒐集收藏的古
物、瓷器、民間工藝品連同這些漆器一起捐給了北大博物館。因新
建的博物館專修科缺乏資料，沈從文又捐出《世界美術全書》等一批
藏書。

　　沈從文是在一九四九年八月被安排到歷史博物館工作，他在信中
告訴黃永玉當時的願景。我們可以在黃永玉的〈這些憂鬱的碎屑──
回憶沈從文表叔〉中讀到轉述的片段：

> ……我當時重新思考和整頓個人不足惜之足跡，以謀嶄新出
> 路。我現在歷史博物館工作，每日上千種文物過手，每日用毛
> 筆寫數百標籤說明，亦算為人民小做貢獻……我得想像不到之
> 好工作條件，甚歡慰，只望自己體力能支持，不忽然倒下，則
> 尚有數萬數十萬種文物可以過目過手……

他詳細描述準備轉向工藝美術史研究的計畫，同時還鼓勵黃永玉從香
港到北京去，與他一起開始新的生活。

第二節　一種不尋常和複雜的情形

　　新中國成立的重要歷史轉折，改變作家書寫的方式，因為這個轉折改變人們的經驗，以及人們想像、感受、思考其所生活世界的方式。因此，書寫上的變化，即如王德威所說的抒情時代，另加上個人經歷的感傷情緒，將會告訴讀者與上述變遷有關的某種東西。這種書寫上的變化，如果在歷史上意義深遠，那麼其影響不只局限於一種文類。

　　五十年代初，沈從文回到歷史博物館工作，並參加當時館中正在進行的「原始社會陳列」的籌備工作。沈從文為展覽編寫講解詞，因為生疏，硬著頭皮邊學邊寫，親自向不同觀眾講解，反覆修改，終於完成任務。其後館中又布置他用歷史唯物論觀點寫一本《從猿到人》通俗讀物，此書稿寫了幾個月，未見出版。「原始社會陳列」在午門前東朝房正式展出，沈從文用自己所寫的講解詞親自向參觀者講解。以後他經常在此為觀眾作講解。

　　當時，歷史博物館與敦煌文物研究所聯合舉辦了「敦煌文物展」，展出包括很多壁畫的臨摹本，內容非常精彩，影響很大。展出期間，沈從文除了以極大興趣前去觀看外，還主動在展廳為觀眾講解。此後，到陳列室為普通觀眾作說明員，成為沈從文在博物館任設計員和研究員職務之餘時多年的工作習慣。

　　沈從文於一九五〇年八月間在革命大學給記者兼散文家蕭離寫信，談到自己「在革大學習半年，由於政治水平過低，和老少同學相比，事事都顯得十分落後，理論測驗在丙丁之間，且不會扭秧歌，又不會唱歌，也不能在下棋、玩牌、跳舞等等群體的生活上走走群眾路線，打成一片。換言之，也就是毫無進步表現。」對「革大」當時的一些現象表示不理解，認為「學習既大部分時間都用到空談上，所以學習實踐，別的事既作不了，也無可作，我就只有打掃打掃茅房尿

池。」沈從文採取一種有意味的系列形式，講述考驗、挑戰、與不可預知事物的遭遇。

毋庸諱言，沈從文在革大和內江縣的體驗是不尋常的。首先，他在一九五〇年九月三日的日記中表達了自己對當時官僚作風的不滿：「浮浮泛泛的把一部分生命交給老牛拉車式的辦公，完全教條的學習，過多的睡眠（一般的懶惰更十分可怕），無益的空談，以及純粹的浪費，怎麼能愛國？」這是感傷情緒明確地集中在用感覺經驗、判斷，或人類主體之欲望表達的一切。關鍵在於個人感覺經驗的真實性。沈從文開始感覺到歷史的張力，並被一種博物的頓悟所救：

　　……有製器繪彩者一種被壓抑受轉化的無比柔情，也有我由此種種認識和對於生命感觸所發生的無比熱愛。經過十五年，世界上在戰爭中，在炮火和飢餓、恐怖、疲勞中，毀滅了幾千萬人活生生的生命。

　　然而那麼一個小碗，卻由此到彼，由北到南，在昆明過了八年，又由南而東，過蘇州住了三年，又由蘇轉京，擱到這個雞翅木書架上，相對無言。不由不令人對於一切存在的偶然性感到驚奇。……這個豆碗卻依然如故，象徵了生命一種形式，稚弱中有健康，成熟，完整，不求人知的獨立存在，隨時卻又會毀於什麼人的小小疏忽，而失去一切存在的意義。也可能還會因種種偶然，轉來轉去，到一些意想不及的人手中去……「這是一個碗，是 XX 送人的碗！」然而它的閱歷，是誰也不能想像的！一個碗，再沒有誰能明白這個碗的歷史，包含了些什麼意義。

　　正如故宮那些精美瓷器，宋或明代到乾隆手中摩挲情形，我們已無從想像。但是卻必然有些歷史，比一個人更複雜更動人的

歷史。可是沒有任何方法能夠保留給後來者。一切生命存在都如此隔離又如此息息相關，如此息息相關還是十分隔離。

沈從文在這段敘述中，坦然表示個人用了十五年時間由北到南，在昆明過了八年，再由南而東，在蘇州住了三年，又由蘇州轉到北京。從一個市鎮到另一個市鎮，從一個農村到另一個農村，從一個使命到另一次使命。觀察、蒐集、實驗、記錄下一切。感性表達了文物流動是一種被轉化的愛，充滿了製器彩繪者無比的柔情，也確實包含有一種征服和擁有的意象。知識等同於消費，就像瓷器輾轉流動到乾隆手中一樣，並作為自我欲望的滿足。

其次，沈從文猶如博物學家，將會發現一個大的觀察場，在那裡，他將發現能夠滿足他品味的極其多樣的物品，見到所有自然狀態中的簡單物品，在憨厚蠻幹的川江人中，沉思他也許徒勞地希望在文明社會發現的美德。沈從文以旅人的身分目睹自然與接觸地帶的日常現實，即使土改學習的制度使得他的博物之旅成為可能，博物學引發並由之生產的旅行話語還是為人們展開了一個憧憬：一種不需要訴諸征服和暴力的文物占有方式。

沈從文在革大思想改造過程中，引發了他從工業發展的角度提到具體的物的願景。為了新的物的文化流通一種力量，他認為新中國應當有種生命經濟學，在藝術上，在教育上提出些新原則、新計畫、新方法。為了配合人力有效使用的發展，他強調工藝品個性有待加強，還應該著重於生產區域性、手工性與應用性。他說：

漆工藝本來是個生產費工時的工藝，雖有廣泛的應用，還不免受膠狀可塑物工藝品代替了他小型應用器物。但由於這種交換需要，有幾個區域得到傳統便利，將會有些新的發展。如湖南

即會有新的仿古漆器，成為應用工藝一個部門，可在國際市場上流行。陶瓷本為舊手工業，將轉而為機械化半手工業。但有區域性的生產，一定還有些新的希望。由於應用要求廣泛，他的區域性和歷史傳統風格，都因之得到保存和發揚。

但這一切「且需要建設那麼一個觀念或信念為前提：即凡有草木生長的區域，都可以由人力使之變成花園或果園，都可以利用其土地雨露陽光生產力加以有效控制，來進行一定計畫的生產。」期間，考慮把一部《工藝美術史》理出個頭緒來。

這時候的沈從文「還和大廚房幾個大師傅真像朋友，因為從他們談的家常，可以學很多，理解許多……所說的話和神氣行動印象結合，極使人感動。比起聽同組空談有意義得多。有教育性得多。」這是沈從最早萌生寫這幾個工人的想法，後來即以這幾個人為原型寫了小說《老同志》。一九五〇年底，當時的領導希望沈從文歸隊搞創作，但他認為自己「極端缺少新社會新生活經驗，曾經寫了個《炊事員》也無法完成」。因此，決定仍回歷史博物館工作。

沈從文成了歷史博物館設計員後，預備作的是工藝美術史，因為興趣廣泛，對全面問題還能有點理解，又因為讀書雜，對於各部門工藝相互關係，據他說也還有些理解。所以，他將自己造就成一個行走的百科全書。在博物館工作，加上工藝美術的教學，對於陶瓷、玉、漆器、絲織物，及其他雜工藝美術，他都曾摸索過，並認為文物範圍極廣，不能只限於美術範圍，需要加上銅器和字畫，就差不多了。沈從文做講解、提出意見、撰寫書信、蒐集資料，不知疲倦地固守在文物中。其間，他還建議湖南文物館，網羅收集苗鄉刺花，送到博物館陳列。

沈從文筆下的自然不是一種坐等了解和擁有的自然，而是一種運

動中的自然。它受到各種生命力的驅動，其中許多都是人眼可見的。這是一個讓人類顯得渺小，控制其生命，喚醒其激情，挑戰其認知的自然。

「風景」或畫面，是沈從文在他所謂「探討雜文物話題的審美模式」中為其研究選擇的形式。他的創新性嘗試是為了改正他視之為他那個時代文物占有的缺點：一方面，是對他所謂「純個人的」東西的一種輕視的成見；另一方面，是對精神和審美上正在失去活力的人力發展的積累。

沈從文赴四川參加土改工作，在華源輪上給張兆和寫信。信中提出的解決方法，是將歷史的特徵與崇高的審美融合起來。他確信，審美描述的生動性，將會得到歷史所揭示的讓自然起作用的神秘力量的補充和增強。信中說：

> 川江給人印象極生動處是可以和歷史上種種結合起來，這裡有杜甫，有屈原，有其他種種。特別使我感動是那些保存太古風的山村，和在江面上下的帆船，三三五五縴夫在岩石間的走動，一切都是二千年前的形成，生活方式變化之少是可以想像的。但是卻存在於這個動的世界中。世界正在有計畫的改變，而這一切卻和水上魚鳥山上樹木，自然相契合如一個整體，存在於這個動的世界中，十分安靜，兩相對照，如何不使人感動。

沈從文在這裡調用的，不是一個固定在視覺中的自然系統，而是歷史力量沒有止境地擴張和收縮。在這方面，他的目光將永遠對著各種力量的結合、動的能量創造對有生命的動植物世界的影響及這種和諧。當然，沈從文尋找的就是他在川江發現之物，而且他發現的正是他尋找之物。他如此形容這股神秘力量：

我一天可有點時間到山頂上去看看，好像是自由主義游山玩水看風，不會想到我是在那個懸崖頂上，從每個遠近村子丘陵的位置，每個在山地工作的人民，從過去，到當前，到未來，加以貫通，我生命即融合到這個現實萬千種歷史悲歡裡，行動發展裡，而有所綜合，有所取捨，孕育和醞釀。這種教育的深刻意義，也可說相當可怕，因為在摧毀我又重造我，比任何力量都來得嚴重而深遠。我就在這個環境中學習逐漸放棄了舊我，變得十分渺小、虛心。奇怪得很，一到那個懸崖上看到遠近山村，和更遠一點一個山頂懸崖砦子時，我眼睛總是感動得濕矇矇的。我真正接觸了人民，我體會得到，我的生命如有機會和這些人事印象，這些見聞，這些景物好好結合起來，和這片沃壤美麗自然背景中的山村悲慘人事變動結合起來，必然會生長一片特別的莊稼，字數可不必如別人那麼多，只要有六萬字到十萬字，即可形成一種不易設想的良好效果。

這股力量曾讓他以為手中筆如果還能好好用幾年，或會使他作為文物研究者的目標變成了他要繼續寫作的目標。他寫給張兆和的信，談到自己到內江縣後的見聞時表示：

我們活在北京圈子裡的人，見聞實在太小了，對於愛國主義的愛字，如不到這裡地方來看看，也是不會深深明白國家人民如何可愛的。……只要我支持得下去，我一定會要為這些苦難人民再用幾年筆的……這麼學習下去，三個月結果，大致可以寫一厚本五十個川行散記故事。有好幾個已在印象中有了輪廓。特別是語言，我理解意思，還理解語氣中的情感。

　　沈從文非常生動的記述某些最生動的瞬間，是特別經常感受其情緒的「抵達場景」。這種場景是幾乎每一種有情書寫的慣例，更何況沈從文感情豐富，汪曾祺說他非常容易動情，非常容易受感動。他對生活，對人，對祖國的山河草木都充滿感情，對什麼都愛著，用一顆藹然仁者之心愛著。所以，「抵達場景」充當框定接觸關係和設定其表徵條件的特別有效的場所。在下面的例子中，沈從文講述他留在村中上場聽滙報，對單獨一戶的糖房，分住各處的一、二十人的村民見面後時的情景：

> 場即雲南街子，和呈貢縣城大小相差不多。老婆婆擺小攤子賣花子雞鴨蛋，抱個烘籠守在攤子邊打盹，和永玉作的木刻完全一樣。許多人家濕濕的屋子裡，都有老婆婆在紡棉紗，聲音低低的。小孩子即在旁邊竹凳子邊爬。小小官藥鋪照例有穿長衫子手執水煙筒的老板，在櫃臺裡吸煙，膏丹丸散，去寒退熱，生意相當好。且必然是本村一個知識分子。小飯鋪多在場頭，照例有挑籮筐的歇憩，吸煙，吃飯時有辣子蘿蔔絲。……看到這一切，和我生命似乎有些感觸相會，和他們談話時也比別的人更親切。但某一點極理解，某一點卻隔著一層東西，我似他們可不是他們。愛他們可不知如何去更深入一點接近他們。生活一面理解得多，願望也理解得多，但是卻難於敘述他們。……

這個片段描述沈從文與村民之間存在一種微妙的關係。沈從文透過閒聊以了解村民生活哀樂的式樣。作為交換，他們給他提供了對中國農村的市集的一種奇異的情感，使他思考極可能從這個情況中可以看出古代村市的情形。作為一種表徵，這個場景受有情的支配。

　　沈從文在信中還提到當時的一種社會現象，內江縣農村的人對於土地景象，竟似毫無感覺，也不驚訝，特別是土地如此肥沃，人民卻如此窮困，只知道這是過去封建壓迫剝削的結果，看不出更深一層的一些問題，看不到在這個對照中的社會人事變遷，和變遷中人事最生動活潑的種種。對於這片土地經過土改後三年或十年，是些什麼景象，可能又是些什麼景象，都無大興趣。換言之，也即不易產生深刻的愛和長遠關心。因此，沈從文曾不無感慨：「一個人，如真正理解到另外一種人的生命（靈魂）式樣時，真是一種可怕的沉重，我一定要好好重現到文字中。我似乎起始理解到自己的筆是個什麼，誤用了許多年，都不過是浮在人事表面上，習慣形式上，無目的無計畫的浪費，現在才起始意識到一種責任，一種敘錄真的人民的責任。」雖然信沒有寫完，但卻提供作為沈從文投入新中國後抒情感傷書寫的一個例證。

　　必須指出，有情首先是組織沈從文以人為中心的互動敘事的動力。它作為一種實現的現實，是永遠作為一種欲望目標，一種價值在場。這價值就是沈從文心中的「翠翠」。他寫給張兆和的信，無不表達這種信念：

　　　　開了半天會，累得很，一個人在戲樓後稻草堆邊靠墻坐下，耳
　　　　聽到遠邊廚房切菜聲，年青農代笑嚷聲，一個人劈竹子聲，我
　　　　和翠翠一樣，心十分孤寂，善良，對這一切存在充滿了愛。我
　　　　似乎稍深一層明白文學創作所需要的一種生命是什麼，而和它
　　　　有了接觸。給我時間，就會有生命在紙上呼之欲出。特別是這
　　　　裡農村一種在生長中的生命形式。

在構成沈從文敘事的系列人們遭遇中，確立戲劇性效果和張力的，幾

乎總是透過交流實現有情，建立均衡的欲望。

也許更重要的是，沈從文將證明土改學習對自己有著終生的影響。街頭小鐵匠鋪的打鐵聲帶來的感觸之所以是一個非凡的瞬間，不是因為能增加生產一個重要技術人，而是因為用同一方式搞了兩千年，而這種種卻很明顯成為一個古典村市社會的象徵，三、五年後勢必蕩然無遺。

在沈從文以主體為中心的敘述中，土改工作並非唯一的交換場所，與村場上聽彙報形成對比的是，在他的書信中，觀看本身是沿著有情的路線運作的。正如上文引用的抵達場景所示，作為觀看川江自然景物和川江人的生活，沈從文反覆描寫自己接觸到川江的人與物而受到感動。並且想到單是自然景物是不可能成為文學藝術的源泉。一定要從這個背景中，理會到在長期和大變中的人事，兩者相印證，就有了創造孕育的條件。

第三節　川江收穫轉化生命形式

有情的規則延伸到知識及文學。沈從文異常敏感地觀察到川江人對音樂、文物與文學藝術的反應，肯定城市和村莊方式的可通約性，儘管它們可能存在不同。沈從文的記述包括一些例子，這兩種生活方式在這些例子裡對沈從文來說充滿啟發的意義，也許可以稱作「有情幻象」的東西並置。如指普通歌唱，沈從文覺得本地人真是奇怪，都不會唱歌。凡是湖南、雲南、江浙人民開口有腔有調的長處，這裡都儼然被歷史傳統壓力束縛，沒有生長的機會。言語多，但清越可見，只是不會唱。在他看來，一個習樂曲的，廣泛有認識、有興趣，在這個地方，則必然可由轉移方式得到極多教育。丘陵起伏連橫中的自然景象，任何時看來都是大樂章的源泉。

　　圍繞音樂作曲出現這種意識形態交流絕非偶然，沈從文深信一切感動並不能即成一切作品，但它卻必然是一切作品的觸媒劑。這時即使讀歷史文件（指毛文選），也和十七年前與馬思聰、梁宗岱三人同聽音樂一樣。三個人聽了七小時的貝多芬等全套子，同是一雙耳朵，卻各有所得，各有影響。

　　其他一些有情幻象也起到同樣的作用。沈從文在信中回憶了自己以前三次在辰州過年的情形，並覺得「這地方空氣，特別和我另外兩次過年時相近，一次是在鳳凰高梘鄉下滿家做客」。「還有另外一次，是在保靖地方，我住在一個滿是古樹的半山上，年終歲末，大家都在賭博放煙火，我只一個人在一個小小木房子中用一盞美孚燈讀書，如同夢裡一樣」。並談到後來寫系列小說《雪晴》，即是依據在高梘鄉過年的經歷，但現在自己回過頭來看這部小說，覺得當時所寫「不免如作風景畫，少人民立場，比《湘行散記》還不如」。所以，沈從文認為寫作真是一種離奇的學習過程，「比起一般人說的複雜得多」。並且認為時間的流逝可能會湮沒許多人和事，但文學能把這些消逝的東西保留下來，使為時空所阻隔的情感，「千載之下百世之後還能如晤相對」，因此文學實際成了聯接歷史溝通人我的工具──這就是文學的作用。

　　巴金對沈從文當年轉行時的印象，就說過這樣一句話：「對瓷器，對民間工藝，對古代服裝他都有興趣，談起來頭頭是道。」我們可以想見沈從文在街上發現一個小酒壇時，流露出興奮的神情，「六朝時花樣，加上個宋代瓷常用的富貴雙全一類吉慶語，一望而知是老式。有些設計反映到新的景泰藍器物上去，送到國外會為人看成偉大現代人民藝術的。」又預期他會對設計極好看的竹編織物，如一種大而輕的露孔籮筐，比湘湖江浙的都高過一等。而在這裡，不過是小飯鋪小酒鋪子裡破爛罷了，所表現的失落愁悵。沈從文非但發現了內江村場

工藝品的歷史價值，還一直強調好像和歷史碰了頭，無奈的是這裡的人不知道變通，無從學習。他進而感歎的是四川人活在圖畫裡，可是卻不知用文字來表現，正如本地畫家一樣，都不善於從自然學習。

具有諷刺意味的是，在內江市即可見一種現象，一個江西瓷白茶碗，破了後一再補釘，還不拋去。本地產極好的紅陶質器，卻很少有本地人提起。本地舊式木浮雕，到處都有極富價值的東西，在國內都可展覽，即以鄉村窗櫺而言，也可以收集成一大觀。而且轉用到新建築某些部分，可以得到極摩登現代化效果。但重慶市面許多現代化鋪子，卻用最醜惡又不切實用的不整齊鐵格子，一種不求甚解的摹仿，支配了建築也支配了美術。還有可惜的是本地老木工，一肚子雕刻知識花樣和技術卻不知道傳承，比起小學校學美術的圖畫教員教學生時還只是學學鉛筆風景畫，他們的技藝更宜於教育農村學生。由此，沈從文一方面惋惜豐富經驗的木工石工被糟蹋了，另一方面又花很多錢，來城市中訓練些不得用的雕刻系學生。結果，浪費了此地一種固有的審美價值。

一個走向未來的新的文物原點。這個未來始於現在並將重構那片「歷史的地域」。沈從文在信中談到自己這次參加土改的收穫時表示：「若照我對於這工作和將來工作意義說來，和一切人事還未免接觸得太粗淺。想就這回工作提出些問題，表現些問題，解釋些問題，處理些問題，都還不夠。」但和抗戰時在呈貢生活相比，「我們住呈貢鄉下八年，雖在生活上和當地人近於完全打成一片，但是卻如在一種不相關的自然狀況下共同存在，彼此之間的榮枯哀樂，是不相通的，是在完全游離情形中過日子。雖前後將近八年，還不如這次三個月裡相互熟習」。

沈從文用溫和的筆調寫下的活動書信記錄連續數頁，足以讓人再一次想起他的歷史博物館講解員形象。川江這風景若不是沈從文，它

會被忽略得如同杳無人跡、無人擁有、無歷史記載、無人占領，甚至就連人事種種都不在其中。沈從文描述地理環境和識別器物的活動，構成一種非社會性的敘事，無論是本地居民還是外地人在其中的在場，都不曾是邊緣化的，儘管這種在場當然是有情本身一個始終如一和必不可少的方面。他甚至認為「對一切有情，也不是天生的，或可籠統稱作所謂小資氣氛。希臘幾個大師也好，文藝復興幾個大師也好，十九世紀幾個大師也好，即馬克思，列寧、高爾基、魯迅一齊在內，博學多通實這些人共通之處，對一切有情，也即由之而來。對知識的可驚的廣博興味，可驚的消化力，可驚的深入融化，形成他對之綜合拒斥，並新的創造。」

筆者希望透過解讀沈從文的書信表明，如同在信息／物質文獻中一樣，歷史在感傷文學中得到淨化和神祕化。儘管他被置於話語場的中心而非邊緣，儘管他經由一個又一個生命和人事景物結合，而燃起一種渺茫希望和理想。各種事情發生在他身上，而他都堅持並保留下來。作為一種文本構建，他的寂寞坎坷不在於湘西人固有的蠻勁，而在於耐煩和慈柔，抑或是謙遜的展示他自己。「到黃昏前走出院子去望望，丘陵地莊稼都沉靜異常，盧音寺城堡在微陽光影中更加沉靜得離奇，我知道，日裡事又成為過去了。在一切人的生活中，一過去即沒有多少意義，歷史向前推移了。這種種卻唯一尚活在我的生命中、留在我的生命中，形成一種奇異的存在。」

沈從文在一九五二年夏天，高等學校院系調整時，輔仁大學與中國人民大學合併，曾商調他去中國人民大學任專職教授，但沈從文選擇留在歷史博物館。本文在探討他決定引退，全身投入博物館工作前，對川江農村種種情形的詳細記載。雖然是短短三個月，卻觸發了沈從文一種深層次的思考，特別是農村這種在成長中的生命形式。沈從文從而把自己寫進歷史，他把自己寫成一個接受者而非創始者，如

同其從事文物鑑定的資料一樣,總彷彿接觸到一種本體,對存在有了
理會,對時代有了理會。但是同時也不能不承認,身心都脆弱得很。
從文學史上過去成就看作者,似乎更深一層理解到作品和作者的動人
結合。

第六章
沈從文與川南風景之重構

第一節　一種全新的博物觀

　　沈從文後半生的物質文化史的鑽研可用他自己的話來形容，是「悲劇轉入謐靜」後夢醒了，心境「慈柔」。在分析和檢討之下，找到生命回覆正常後，如何用餘生作點什麼與人民教育意義上有貢獻的事。自我分析到後來，沈從文找到「生命形式」的一種內在脈絡，即走進一個溫和靜美的社會結構和變動中的歷史時刻。當放鬆的博物之旅開始將怡人的風景映入眼前，沈從文重新想像和重新界定的風景將與他的博物知識發生互動。他越發意識到，在川南所描繪的很多景物是不能因土改教育而缺漏。可以想見，它作為一種自然結構的博物學的出現，是沈從文的一個特點，並且建構了一種全新的博物觀。它作為一種實現的現實，是永遠作為一種欲望目標，一種價值在場。這價值就是沈從文心中的「翠翠」。

　　沈從文成了歷史博物館設計員後，預備作的是工藝美術史，因為興趣廣泛，對全面問題還能有點理解，又因為讀書雜，對於各部門工藝相互關係，據他說也還有些理解。所以，他將自己造就成一個行走的百科全書。在博物館工作，加上工藝美術的教學，對於陶瓷、玉、漆器、絲織物，及其他雜工藝美術，他都曾摸索過，並認為文物範圍極廣，不能只限於美術範圍，需要加上銅器和字畫，就差不多了。沈從文做講解、提出意見、撰寫書信、蒐集資料，不知疲倦地固守在文物中。其間，他還建議湖南文物館，網羅收集苗鄉刺花，送到博物館陳列。

　　這段時期，沈從文在歷史博物偶然留下的一組工作日記，清楚交代展覽的情況、人事浮現、歷史態度和自己的身體狀況。這組日記頗重要，因它的內容與下文談的感傷博物有關。以下為《歷史博物館日記片段》大部分引文：

一九五一年五月六日

八時去清華營建系展覽。在試驗中的景泰藍多陳列，花紋顏色都有了新的發展，形態得不到。造形美術不能離開形態而進行的。

應注意這一點，方有真正轉機。曾到批評簿上盼營建系有改院事實，設繪畫、雕塑、工藝、室內裝置各系。

人不夠用。學生習作木作，一看即可知多受時髦的資主國建造影響，對傳統形式、本國材料少理解。教書人也還少理解！雕塑放三五石膏希臘翻造，特別不美。可知這部門待充實還多。

文物館東東西西好。多為夢家（按陳夢家）一手收集。北大如有人稍稍肯照此辦理，三年來博物館也就大有可觀了。好話總不相信，誤事，也影響到國家需要。時代極離奇，明明白白有些事為公言對新社會為亟需，對國家為有益，總無人肯多多注意。即有人說及也不注意，還是私心自用，因循敷衍。絕無人想到是這樣下去，對學生、對下一代，實對不起也，凡是在活動的人都不大想這些事，離奇。

在文物館見中書（按錢鍾書）夫婦、吳澤霖、孝通夫婦、夢家夫婦、鄧叔存、馮蘭生、景超，各邀去家招待午飯。先允王遜，還是到王家。

城中特藝公司張、郭二位同。談特藝公司發展問題。

三時回城，小市購商戈一、唐鐎斗一、小玉璧一。鐎斗和戈

好。虎虎（作者幼子）得一洋刨子，極興奮。到天橋買回，工作了半天。院中土地已為收拾好。

一九五一年五月十日
幾天來為敦煌展作說明，下得樓來時，頭暈暈的，看一切人都似乎照舊，釣魚的釣魚，打鬧的打鬧，毀人的毀人，很覺悲憫。槐花已落，天氣悶悶有夏初意。久不下雨，收成大是問題。看到午門樓上的觀眾，有學生、職員、教師、藝人、兵士、老大娘，和習畫的。習畫的極可同情。那些圖畫教員真誤人子弟。辦藝術教育的誤人子弟。什麼都不好好的學，怎麼教？但是四十年來就那麼下來了。社會上萬千種事都如此耽誤下來。許多方面都只是作個面子，真可怕。如何對得起歷史？……[1]

這在《沈從文全集》中是為數不多的記述歷史博物館的工作日常。就在此時，沈從文寫完「解放以來第一回正經寫文章」的《談談敦煌壁畫工藝問題》。本文現收入《沈從文全集》第三十一卷《龍鳳藝術新編》集，篇名〈談談敦煌壁畫工藝問題——有關工藝技術和材料一點探討〉，生前未發表過。

第二節　「翠翠」的雙重譯碼

　　義大利學者安伯托・艾可（Umberto Eco）指出「雙重譯碼」是指作者同時運用互文性反諷和暗含元敘事訴求的概念。透過運用這種雙

---

[1]　《沈從文全集》第19卷，頁97-98。

重譯碼的技巧,作者無形中和閱讀素養深厚的讀者建立了某種默契。素養深厚的讀者看到《邊城》會有特別的反應,因為他們會想意識到「翠翠」。他們接下去讀到的該是作品上的一個常見主題,而作者沈從文是在此披露他的「影響的焦慮」,因為「這個作品原來是那麼情緒複雜,背景鮮明中完成的。過去的失業,生活中的壓抑、痛苦,以及音樂和圖畫吸入生命總量,形成的素樸激情、旋律和節度,都融匯而為一道長流,傾注入作品模式中,得到一回完全的鑄造。模型雖很小,素樸而無華,裝飾又極簡,變化又不多,可恰恰和需要相稱。」

李健吾當年深刻體會到沈從文藉作品中人物傳達「受傷的心、受傷的靈魂,一面為新的環境及在發展中的一切而小小平復,一面那個『讓我回去,讓我回去……』的召喚,便依然若來自遠處,又如來自近身。」是由於他接觸到作者的情緒。感受到作者怎樣恰當表現桃源上行七百里路酉水流域一個小城小市中幾個愚夫俗子,被一件人事牽連在一處時,各人應有的一份哀樂,為人類「愛」字作一度恰如其分的說明。李健吾之所以認為這一切是作者全叫讀者自去感覺自然,他不破口道出,卻無微不入地寫出。是因為他體會到沈從文筆下的自然越是平靜,「自然人」越顯得悲哀。他甚至建議「連讀者也放在作品所需要的一種空氣裡,在這裡讀者不僅用眼睛,而且五官一齊用──靈魂微微一顫,好像水面瀲瀲一動,於是讀者打進作品,成為一團無間隔的諧和」,進一步掌握構成沈從文作品背後蘊藏的熱情和隱伏的悲痛創作。

因此,當沈從文似乎掌握了自然一個永久的原則:悲哀,這意味著他能夠在所有方面令人信服地呈現這些事物。最終,一切準乎自然,而我們明白,在這種自然的氣勢之下,藏著一個藝術家的心力。細緻,然而絕不瑣碎,風韻,然而絕不弄姿;美麗,然而絕不做作。

　　自然當中的「生命」，意味時間性的外部的集積，而其中的「精神」則與此相反，象徵了內部的沉澱。為了讓這種意義上的沉澱成為可能，「統一」就成了必要。而在這層意義上「統一」的現象，又出現在有機的生命，以及與精神生活的世界當中。因此，對於自然界客觀的事物現象，當我們看待其中的老、古、寂的美學若是適用，其根本必然與「生命」或「精神」有所關聯。

　　其他的作品暫且不說，這裡例舉沈從文於一九三八年三月，經由長沙臨時大學一部分師生組成的徒步旅行團在向昆明轉移時，路過沅陵，遇暴風雪而滯留「蕓廬」休息時，曾寫信給張兆和，內容描寫在四月某個凌晨離開沅陵看到的景象，從而認為「雞聲茅店月，人跡板橋霜」寫的就正是這種早發見聞：

> 天尚未亮，隱約中可見到一些山樹的輪廓，和一片白霧。不知何處人家，喪事經營，敲打了一整夜鑼鼓，聲音單調而疲乏。一定當真疲乏了。和尚同孝子，守夜客人和打雜幫工，在搖搖欲墮的燭光中，用鼓聲唱唄聲振奮自己，耳朵中也聽到雞聲。且估計到廚房中八寶飯早點蓮子羹，熱騰騰的在蒸籠裡等待著。這鼓聲大約一千年前就那麼響著，千年來一成不變。杜鵑各處叫得很急促，很悲，清而悲。這鳥也古怪，必半夜黃昏方呼朋喚侶。就其聲音之大，可知同伴相距之遠，與數量之稀。……渡江時水上光景異常動人。竹雀八哥尚在睡夢中——在睡夢中聞城裡鼓角，說不定還做夢，夢到被大鳥所逐，惡犬所捕，或和黃鳥要好！一切鳥都成雙，就只黃鳥常常單身從林端飛出。……

這裡的一切是如此諧和，光與影的適度配置，什麼樣的人生活在什麼

樣的空氣裡。加上由於深入了解外在自然,不管這種了解是理性思考
式的,還是神秘移情式的。對沈從文來說,這兩方面的素質都是必須
的。只有像沈從文誠摯召喚:「讓我回去,讓我回去,回到那些簡單
哀樂中,手足骯髒心地乾淨,單純誠虔生命中去!我熟悉他們,也歡
喜他們,因為他本是我一部分。」他欲回到返鄉還土的那個世界,
「統一」到那個世界的自然人事中,受到啟發,才能尋找到「翠翠」
這個詞蘊涵的雙重意味。並且因有接觸「手足骯髒心地乾淨」而隱約
感覺到他「乞丐美學」的形塑。

第三節　思理而美化的「乞丐美學」

　　沈從文的自然風景無疑是「思理而美化」的過程,即如魯迅在
《摩羅詩力說》所提到的:「美術云者,即用思想以美化天物之謂」。
是「作者出於思,倘其無思,即無美術。然所見天物,非必圓滿,華
或槁謝,林或荒穢再現之際,當加改造,俾其得誼,是曰美化,倘其
無是,亦非美術。故美術者,有三要素:一曰天物,二曰思理,三曰
美化。」這裡的「思」是一個進程,是自然而然和隨心所欲的。由此
可見,只有以思理將天物美化了的作品才是「美術」,缺乏思理以美
化的作品再精巧、再艷麗也不是美術。這提供給我們認識沈從文筆下
的自然,是「一個由『思』出發終止於『知』,也必然於求適應諧和
中有不易接榫處,得相互作不斷修正,以及用更大克制來學習,方可
勉強維持。」

　　「那裡中的翠翠,秉性善良處,熟人一看即可明白,和當時的新
婦實在相差不多。但誰也不會料到這個也就要成為預言。一切發展全
如預言,在十五年後將用事實證明。」沈從文在〈關於西南漆器及其
他〉對小說文本的回溯,讓「翠翠」平添一份似是而非的曖昧。但要

說明的是，文學的存在並不僅僅是為了愉悅和撫慰讀者，它還應該致力於挑戰讀者，激勵他們把同樣一份文本拿來讀兩次，也許甚至好幾次，才能進一步理解它。因此，為了向讀者的智慧和善意表示一種尊重的方式，沈從文試圖在「雜文物話題的審美模式」中重塑「翠翠」這個重要的角色，好讓讀者尋找它自身的特質。

　　因此，我們進一步理解「翠翠」的實質性運作，以「思」作為沈從文自然具備的條件、它操作的功夫，即如沈從文所說的要不斷修正和學習的。根據他不停「透過看，你就可以察覺到很多東西」。沈從文不正是試圖用一種方式，即「為接受的官能提供與自然最為多樣性的接觸」──「栽培」他的讀者嗎？人們需要知道，古文物的鑒定、推翻權威、古典傳統與區域風格的混和，乃至透過「翠翠」作為自然與博物之間的橋樑去理解沈從文的寫作方式，就要了解他有關「乞丐美學」的一切，如某些讀者可能曾期待透過沈從文的「翠翠」書寫提出質疑的，他們是不是還能夠欣賞餘下的故事，領會它主要的韻味呢？這涉及元敘事的訴求，應該值得由作者直接向讀者發話，體現「翠翠」作為自然對自身特質的反思。

　　在了解什麼是「乞丐美學」之前，我們知道沈從文在一九四九年革命成功前夕，曾試圖自殺結果被救活。他在歷史堆裡尋尋覓覓，將自己從「歷史」裡拯救出來，而那些一件件「破爛」的衣物，為他寫作有關中國服飾歷史故事提供了大量素材，使他成為新時代裡極有功德的歷史文物學者。但在這個過程中，沈從文曾自命像個「收拾破衣爛衫的老乞婆」，竟然與班雅明觀念中的「拾荒者」不謀而合。面對歷史駭人的殘暴，兩人都試圖召喚「廢墟美學」，從過去的斷井殘垣中找尋救贖未來的契機。只不過兩人的救贖方式不同，班雅明在一九四○年逃亡途中為納粹逼迫而自殺。沈從文則幸好依靠文物救贖：

在博物館沉沉默默學了三十年，歷史文物中若干部門，在過去
當前研究中始終近於一種空白點的事事物物，我都有機會十萬
八萬的過眼經手，弄明白它的時代特徵，和在發展中相互影響
的聯繫。特別是罈罈罐罐花花朵朵，為正統專家學人始終不屑
過問的，我卻完全像個舊北京收拾破衣爛衫的老乞婆，看得十
分認真，學下去。且盡個人能力所及，加以收集。……

沈從文的「乞丐美學」不僅表現在對文物的態度上。其實，早在三十
年代，他業已對藝術必須關注人的現存各種生命形式與人的未來發
展，有類似的看法。他認為作家就是「一個拿了金飯碗討飯的乞丐，
因為各處討乞什麼也得不到，才一面呻吟一面寫出許多好夢噩夢到這
世界上來。」這種態度若與雜文物的知識性相連，就會明白到一件件
雜文物的發現，除勞動外還有更多方面相互依存的關係。估計這些彼
此依存的關係中有「貧困」、「破爛」、「衰老」、「寂寞」等。
　　如果說沈從文是一個「乞丐美學者」，那麼某種被稱作「乞丐美
學」的東西，構成並「解釋」沈從文關於「翠翠」自身，那「翠翠」
就構成並「解釋」那個東西。認為前者簡單地「反映」後者，就是以
一種必然有待爭議的方式，賦予自然以特權。以「翠翠」作為切入的
觀點是根據沈從文這樣寂寞的作家和不斷變化的自然與接觸地帶生活
的複雜性，重新思考風景、常識和器物。因此，風景已然提供一種契
機，將「雜文物」和「常識」想像為自成一體的實體的習慣。這些實
體即從內部構建自己，然後又向外投射到世界的其餘部分。那麼，沈
從文根據來自整個博物接觸地帶的被滲透、捐贈、吸收、挪用、強加
的材料可以瞥見，將「自然」也想像是從外向內構建自己，即「雜文
物話題的審美模式」中重塑「翠翠」，將會是什麼樣子！
　　沈從文甚至會認為說「在這裡，不過是小飯舖小酒舖子裡破爛罷

了。我們糟蹋古代勞動人民遺產未免太多了，沒有辦法。一般說來都還只知道年畫學版畫，從拙中學，學得好，很嫵媚，潑辣，有生氣。但除年畫外，有萬萬千種造型美術都可以學，都不知道學，於是在時代過程中，就糟蹋了。」主要原因，就是有較多器物常識的人，不會利用常識，也不重視常識。他若肯用常識去破除迷信，還可做多少事。其實只要稍稍善於學習，趣味眼界放寬一點，敢於懷疑，敢於發現，情形就大不相同了。同時，他也體會到的是「沒有人理會到這些衰老生命中千年不變的貧窮和簡陋。即在這種種中，還可看到更具體的封建社會把一部分人的生命，如何成為自然一部分，過著如何可怕的日子！」這種知識的生產，並不表達與不斷變化的勞動與貧窮關係抑或領土擁有之間的聯繫。

　　最終，「乞丐美學」表達的是生存背後罩住在一個更大的命運——尤其是「翠翠」的存在。確切地說，沈從文即是以「乞丐美學」作為基礎的前提下，賦予「翠翠」以另一層意義，可以想見，沈從文以「翠翠」豐盈的篁竹、山水、笛聲，完美而安靜的自然風景，更能透視怎樣用他藝術的心靈來體味一個更為真淳的生活。

第四節　「翠翠」的命運共同體

　　在時代的狂飆洪流中，身處歷史的關鍵時刻，沈從文在靜謐中想到一些人事，其中主要由三個女性——丁玲、張兆和、「翠翠」來展開。她們分別對應於三種不同的時間向度，即對歷史的回憶、對現實的敘述和對未來的幻想。古文物是沈從文未來的幻想，在最徬徨，最想不清楚自己的時候，他想到了「翠翠」。「翠翠」是生活在沈從文家鄉山水和風俗人情中的美好形象。在這樣的時刻想到「翠翠」，可見他的文學和這個人的緊密關係。他的家鄉、文學藝術和這個人的緊密

關係，遠遠超出一般性的想像。那「翠翠」的存在，就不是一個簡單的人物形象，在賦予一個「神性」的人物身上，隱藏有怎樣的精神象徵的意義？這在分析沈從文的美術與風景的關係時，將發現「翠翠」在川南風景所提供的頓悟作用。

川南風景貫穿沈從文「一切官能感覺的回憶」，這和他自己過去強調「使平常人的眼不注意到的一個創作者卻不單是有興味去看，他還有用鼻子去分別氣味，用手撫觸感覺堅弱，用耳辨別音響高低的種種事情可作。」才能產生動人的作品。沈從文強調的是用各種官能向自然中捕捉各種聲音，顏色同氣味，向社會中注意各種人事。脫去一切陳腐的拘束，學會把一支筆運用自然，在執筆時且如何訓練一個人的耳朵、鼻子、眼睛，在現實裡以至於在回憶同想像裡馳騁。

人們需要尋找一個類似的相關視角，看待經常與沈從文聯繫的「翠翠」和老、貧、病的爭論，這確實並不是一個完全迷信抑或科學的問題。沈從文曾敘述「在這裡住處隔壁住了一個對老夫婦，每夜必吵架……日裡兩人即沉默坐在廚房，不聲不響，生命如此真可怕。爭的事有時似乎只是一點點，或者一句話中有一字用不得當，即可進行極久而極劇烈的吵嚷，年紀共同大致已到百十歲以上。真可怕。只有左拉有勇氣寫它，高爾基也寫過它。這時節已九點鐘，兩人即在隔壁爭吵了半點鐘以上，從爭辯中可見出生命尚極強持，但是白天看看，都似乎說話也極吃力，想不到在爭持中尚如此精力彌滿，且聲音如此剛烈，和衰老生命恰成一對照，奇怪之至，也可怕之至。因為理解到這種生命形式如何和一般不同，實在令人恐怖。我就生平還不曾聽到老夫婦會如此劇烈興奮爭吵的。有那麼多話說！」一面是作客的孤寂情緒，一面是客觀存在種種。

現實一切存在，都和生命理想太不一致，也和社會秩序不相符合，沈從文覺得不可解。困難在於將印象結合反映到文字中，所以類

似特別有傳奇性的事件，卻從不在他的寫作計畫中。

結果則是印證了早期李健吾對沈從文的觀感，「他不僅僅是印象的，因為他解釋的根據，是用自我的存在印證別人一個更深更大的存在，所謂靈魂的冒險者是；他不僅僅在經驗，而且要綜合自己所有的觀察和體會，來鑒定一部作品和作者隱秘的關係。」只不過是，一面板壁後的老婦人罵她那肺患病痰咳丈夫。而板壁另一面，又是個患痰喘的少壯，長夜哮喘。在兩邊夾攻情勢中，竟成了沈從文難得的教育，助長了他的寂寞情緒。

無庸諱言，沈從文就是藉著「自然風景畫的愛好舊習，分析言來，本來是一種病的情緒的反映，一種長期孤獨離群生長培養的感情，要想法來修正來清理的。新的工作重要是敘事，必充分用到這點長處，方可節制到用筆本來弱點。其實只要能忠忠實實來敘述封建土地制度下的多數和少數人事變遷及鬥爭發展，就必然可以將現代史一部分重現到文字中，即或所能重現的不過是一個小區域一小部分人事，但是，這種種人事也即將成為歷史。從一個脆弱生命中所反映出的一部分現代社會的動盪。」

第五節　風景與美術

沈從文全集包括小說文本、書信文本、自我檢查文本、物質文化文本、被教育和自述的個人傳記，它們闡明沈從文器物蒐集與旅行相關的書寫的不同側面。在川南生活本身的意義在於，它是建構沈從文對雜文物鑒定早期一個切入風景與美術的成功例證，而鑒定字畫就是沈從文最引以為榮、最引人注目的常識運用。新中國時期開始，古文物鑒定將成為一塊磁鐵，吸引來自一些高等院校歷史文物教學資料室的研究者，籌辦展覽和建立資料博物館。同等重要的是，古文物鑒定

將成為公眾熱情關注的一個焦點,以及某種最強力觀念和破除迷信的根源;美術教學就是透過器物調查理解使自己與自然的其他部分產生關聯。

　　就風景的意蘊而論,沈從文在〈關於西南漆器及其他〉對往事的回溯還有一種更加具體的意義:

> 初有記憶時,記住黃昏來臨一個小鄉鎮戍卒屯丁的鼓角,在紫煜煜入夜光景中,奏得又悲壯,又淒涼。春天的早晨,睡夢迷糊裡,照例可聽到高據屋脊和竹園中竹梢百石畫眉鳥自得其樂的歌呼。此外河邊的水車聲,天明以前的殺豬聲,田中秧雞,籠中竹雞、塘中田雞……一切在自然中與人生中存在的有情感的聲音,陸續鑲嵌在成長的生命中每一部分。這個發展影響到成熟的生命,是直覺的容易接受偉大優美樂曲的暗示或啟發。

這裡以一段描寫四川畫眉鳥的叫聲,看沈從文如何以他的熱情再現美術的感覺,「屋前後是竹林,入冬土畫眉還多,每天可聽到鳴喚。但是,這個鳥極奇怪,一定得到春天裡,才會改變聲音,呼朋喚侶,由對話方式改成唱歌方式。一直唱到十月,又啞了喉。戴勝鳥也有這種情形。必三月清明前後,方安安靜靜坐在人家屋頂或樹技間『郭公郭公』的叫喚,大冬天,都只在大路旁特別還是毛廁旁找吃物。人來時聳聳冠毛飛去。這種鳥和啄木、鵁鶄、雲雀,都是我住雲南鄉村中極熟習的鳥,飛鳴派頭都宜於轉到電影音樂中,可惜一離開雲南,即不容易遇到。」

　　李健吾曾以善於調理材料的藝術家來形容沈從文。他說「在沈從文藝術的製作裡,他表現一段具體的生命,而這生命是美化了的,經過他的熱情再現的。他知道怎樣調理他需要的分量。他能把醜惡的材

料提煉成功一篇無瑕的玉石。他有美的感覺，可以從亂石堆發見可能的美麗。」

沈從文的川南風景書寫無疑擺脫了生存文學、教育改造或農村敘事，因為沈從文會受到博物學風景構建現場的吸引。如在描述「盧音寺」的歷史，「山上石堡邊一座廟，有個木造千手觀音，還像是乾隆時作風，大致即是當時興修。堡子四圍是懸崖，再用方石壘成雉堞，荒涼感人。石壁有些十丈高，有些過廿丈。小小寨門還用鐵皮子包裹。門上刻「蓬潭寨」三個字。大致是咸豐時地主避兵的刻字。……上面最離奇的是一個老頭子，在這種山頂上作姜太公，用一支相當精巧的小釣竿，在山頂小堰塘中釣魚，用灰面作餌，蹲在那田埂上自得其樂。」

沈從文書寫風景自如運筆，有時興致所到，描述風景或雜文物的造型藝術時，他習以為常「還要畫一點風景畫，有幾支小臘筆，一定可以保留好多有意思的速寫。」如一封以〈遠望盧音寺〉為標題的信稿，用鋼筆作盧音寺速寫：

> 此鋼筆速寫小畫，一九五二年一月二日在四川內江第四區參加土改，住一糖房中草棚裡，從高處遠望丘陵地五里外高處一山寨「盧音寺」景象。山寨為黑色石頭孤峙獨出，四圍壁立，只一寨門可以上下。四圍是甘蔗田，下部為一大糖房，離盧音寺約一里許。過不多久糖房開榨時，我即隨總部至此糖房住。牛欄中有廿四隻肥牛，四隻一班，日夜不息榨漿。
> 盧音寺上面有幾畝菜地，還有個石塘靠儲雨水，作日用並澆菜。塘中深處可到一丈，大魚有五一十斤的，不上釣，釣了小魚又放回。一個老木匠守寨子（即廟宇），還有個雕刻極精的戲臺。四圍還有城墙。

老木匠靠做嫁妝床鋪為生，所有刨子即到廿卅種，一份工具全亮亮的用過大幾十年。土改後已無活可做，只靠種菜過日子。新的職業是敲鐘開會，鐘聲可達附近四十六七個小村莊。土改大會即在下邊平坡地糖房後進行，集會到一千人，紅旗飄飄，從四處丘陵地來時一切如畫。只槍斃了一個蕭姓大地主蕭三爺示眾，大糖房原即歸其所有。

這是風物化的開展，他不分析，他畫畫，這裡是山水，是小廟，是農業，是種種人，是風俗，是歷史而又是背景。沈從文在川南寫的家書，常在描述器物造型式樣時，會在字裡行間精心繪製線條圖，而且這些圖還配有說明性的題注，接著詳盡描述當地人民的歷史和生活方式。如「新的住處是個蕭姓拔貢家中，一個舊式莊院，四合院相連接……，有竹木圍繞，前面是一沖水田。這種莊院有一個特點，即當時院坪為曬莊稼便利，現在則用作村中集會，照例可裝大半村人，且極合用。地主作它時，絕想不到恰是為結束封建鬥爭地主最好的地方。神龕前一個朱漆貼金雕花的長案，式樣如一座牌樓……，入地方博物院，實在很有用。因為一面可見封建，另一面也可見當地老木工藝術，比年畫高明得多。可惜沒有人注意。」理解自然風景的溫和靜美，感受的也比別人複雜而悲痛。

這是一種探索和記載地方風景「一切官能感覺的回憶」新取向的早期例證。與已占據舞臺中心幾十年的專家權威形成的假象或迷信形成反差。這種轉變對自然風景常識的作用造成重要影響，它需要並且導向美術知識和自我認識的新形態、文物鑑定者越界接觸的新方法、考古系或美術史系提出證據的新方式。雖然得到啟示，但沈從文仍然覺得可惜，「其實到了這裡的現代江西磁，都是十分惡劣的，有的印花還是日本式，告訴他們，可說不清楚。這裡一個小鄉

場，共有四個戲臺，有三個戲臺和對面大建築上的木頭透雕，都十分講究。如送到午門博物院雕刻室，必引起許多人注意，且會作為美術學院來模仿。但是在這裡，卻沒有一個人注意。」

沈從文在那麼一個地方，獨自度過歲暮年末光景，他用溫習舊年來過舊年。在這麼一個獨家村子裡，隔壁整夜有一個肺病老人咳嗽，此外沒有別的聲響。「這些遺忘在時間後的年景，這時都十分清新的回復到生命中來。也是竹子林，班鳩，水田。也是永遠把自己擱在一個完全單獨沒有誰理解的生活環境中，對身邊發生的進行的事情，似乎無知又似乎知道得格外細緻明澈。」也許在沈從文的風景中盤旋的寂寞人事、無形能量、突如其來的吵架爭論，象徵著如此清楚正在發生的歷史變動，並為一面是天時地利又如此美好，人事如此素樸，總令人疑心，應當還有些具體文化特徵的東西，可尋覓，可發現的器物常識和自然背景提供了有利條件。

作為風景，沈從文在這麼一個獨家的村子裡，對於自然和人事的連接發生興趣。他探索風景標誌著一個自然旅行和器物常識運用時代的開始，這轉而暗示美術常識以及歷史教學方面的轉變。就其開拓性的風景意涵，重構之旅可充當先導。作為書寫，這次重構提供感傷博物書寫結構範例，隨著意識到這些事件在歷史中的意義，沈從文尋求使情感脫離自傳和自憐，將之與文物融合在一起。他的目標是重現「自然與人類精神生活的交流」。這一切即成為沈從文生命的一部分，且無疑還要支配著他此後的生活。

附錄一
試論魯迅《在酒樓上》的「氣味」

一　前言

　　周作人說《在酒樓上》「是最富魯迅氣氛的小說」，而我們在魯迅的小說、散文與雜文感受到他的精神氣質與吳越文化及魏晉風度，存在著精神聯繫。

　　而吳越文化作為魯迅精神結構和文學創作中一股潛在的湧流和一種支撐性的思想維度，構成魯迅主體精神結構的內在前提。

　　如果魯迅對吳越文化的接受並不限於對傳統文化「遺留物」的批判與繼承，而是在小說的敘述中，透過人物、情節與環境的牽引，會不會多少也反映著吳越文化精神的體現與情懷，使得小說在表現一種自省心態的同時，也瀰漫著一種吳越文化風景，並促成其「憂憤深廣」的創作基調。因此，本文試圖以《在酒樓上》作為解讀對象，觀察「我」作為隱含作者，在說呂緯甫故事的同時，也在寫作過程寄予了吳越文化的精神傳承。

二　「我」作為講故事的人的「氣味」

　　《在酒樓上》作為最具有「魯迅氣氛」的小說，周作人有一種說法，叫做「氣味」。他在《雜拌兒之二》裡就認為寫文章要追求「物外之言，言中之物」，並且進一步解釋「所謂言與物者何耶，也只是文詞與思想罷了，此外似乎還該添上一種氣味。氣味這個字彷彿有點

曖昧而且神秘，其實不然。氣味是很實在的東西，譬如一個人身上有
羊膻氣，大蒜氣，或者說是有點油滑氣，也都是大家所能辨別出來
的。」[1]由此可以知道，所謂「魯迅氣氛」，主要是指魯迅的精神氣質
在小說裡的投射。

　　王瑤在〈論魯迅作品與中國古典文學的歷史聯繫〉中指出，魯迅
在《在酒樓上》的呂緯甫和《孤獨者》中的魏連殳的形象塑造，是對
魏晉時代的某些人物的看法有類似之處。而在寫作時的一些情節的構
思和性格的描寫，就不能不受到魯迅所熟悉並有所共鳴的魏晉人物的
行為和文章的影響。他強調魏連殳具有一種嵇康、阮籍似的孤憤的情
感，而呂緯甫的性格當然比較更頹唐、消沉，那種嗜酒和隨遇而安的
心情類似於劉伶。[2]王瑤在這篇文章談到的是《在酒樓上》的呂緯甫
的精神特質，但對於小說中的「我」卻沒有多觸及，這可能由於小說
中的「我」是故事中的扁平人物，雖參與故事卻沒有實質推動故事發
展的原因。

　　基於魯迅作為小說真實作者與隱含作者的雙重姿態，學界普遍認
同魯迅《在酒樓上》裡的潛在作者、敘述者與人物的關係，並歸納為
兩種意見：一是認為呂緯甫是魯迅投射了反思和批判目光的人物，而
小說敘述者「我」則更多地代表了魯迅的立場。二是呂緯甫的聲音可
能比小說敘述者「我」更能代表魯迅心靈深處的聲音，從而呈現一種
內在方面的對話關係。而重點是除了魯迅的心靈寫照之外，「我」與
呂緯甫的契合，或是理解吳越文化的一種態度，更貼切的說，所謂的
「魯迅氣氛」，多少由於二者互補而展現出吳越文化的精神特質。

　　《在酒樓上》裡的「我」即是參與者，又是作為呂緯甫故事的傾

1 周作人著，止庵校訂《苦雨齋》〈序跋文〉（石家莊市：河北教育出版社，2001年9
　月），頁119。
2 參《中國現代文學史論集》（北京市：北京大學出版社，1998年1月），頁19。

聽者和審視者，「我」作為呂緯甫故事的陳述者，但從敘事的角度而言，明顯涉及「隱含」與「真實」作者的關係。「隱含作者」和「真實作者」的分別，實際上的區分是處於創作過程中的人（前者以特定的立場來寫作的人）和處於日常生活中的這個人（後者可涉及此人的整個生平）。呂緯甫的外貌描寫（可以看作是魯迅的自畫像），他一次又一次的自我嘲諷和自我否定。而「我」在現實中的懶散無聊與骨子裡的堅韌無私的絕望與期望的予盾心態，正是魯迅曾經經歷的心靈寫照。這裡呂緯甫時刻感受著「我」的潛在的審視目光。「我」即「隱含作者」以特定的方式關注而寫有關呂緯甫的故事，「我」雖則也代表魯迅心靈深處的聲音，但「我」作為講述呂緯甫故事的「隱含作者」，「有意或無意地選擇我們會讀到的東西」是「自己選擇的總和」[3]。如此，我們便不難看到魯迅是在怎樣的狀態之下說出呂緯甫的故事且又體現吳越文化的精髓。

二　有意味的人物情節

《在酒樓上》容易找到魏晉人物對呂緯甫形象塑造時內在聯繫的根據，而「我」在小說中肩負起記錄重遇呂緯甫時的情景，不過「我」的出場，懶散、意興索然的外表之下，憂鬱判逆的內面性，充斥著小說的氛圍，有論者認為吳越文化對魯迅負面影響尤其深重，使他一直處於陰鬱而痛苦的心境之中[4]。我們可以在小說感受到吳越文化作為一種「文化基因」，如何對魯迅有著生成的影響。小說「我」

3　參看申丹、王麗亞著：《西方敘事學：經典與後經典》（北京市：北京大學出版社，2010年3月），頁71-73。

4　朱文斌：〈風景之發現——論越文化對魯迅的負面影響〉，《魯迅研究月刊》2004年第11期。

的形象增添淒清的氣氛和漂泊感,正是魏晉時代的氣氛,也是魯迅回
歸故鄉的感受:

> 「……深冬雪後,風景淒清,懶散和懷舊的心緒聯結起來,我
> 竟暫寓在 S 城洛思旅館裡了:這旅館是先前所沒有的。城圈本
> 不大,尋訪了幾個以為可以會見的舊同事,一個也不在,早不
> 知散到那裡去;經過學校的門口,也改換了名稱和模樣,於我
> 很生疏。不到兩個時辰,我的意興早已索然,頗悔此來為多事
> 了。」「大概是因為正在下午的緣故罷,這雖說是酒樓,卻毫
> 無酒樓氣,我已經喝下三杯酒去了,而我以外還是四張空飯
> 桌。我看著廢園,漸漸的感到孤獨,但又不願有別的酒客上
> 來。偶然聽得樓梯上腳步響,便不由得有些懊惱,待看見是堂
> 倌,才又安心了,這樣的又喝了兩杯酒。」

「我」是一個知識分子,一個革命者,一個遊子,當「我」在故鄉之
外時覺得茫然不知所屬,本以為回到故鄉會能找回自己的歸屬,但相
同的感覺卻依然存在著,頓時不知這廣闊的世界哪裡是「我」可以扎
根的地方。面對周圍的美麗景色,「我」只能做一個「看客」,卻無法
擁有它們,「我」內在的淒涼無法自豪地說出「這便是我的家鄉的美
景」,這有些類似柄谷行人所說的「現代的風景不是美而是不愉快的
對象」[5]。從小說的「覺得北方固不是我的舊鄉,但南來又只能算一
個客子,無論那邊的乾雪怎樣紛飛,這裡的柔雪又怎樣的依戀,於我
都沒有什麼關係了。」這句話我們便可以感受到這種苦悶的心情。與

---

5 柄谷行人著,趙京華譯:《日本現代文學的起源》〈序〉(北京市:中央編譯出版社,
   2013年7月),頁3。

此同時，呂緯甫作為一個失意的知識分子出現了。可是很奇妙的是，魯迅在「他」身上賦予了自己的樣貌：

> 亂蓬蓬的鬚髮；蒼白的長方臉，然而衰瘦了。精神跟沉靜，或者卻是頹唐，又濃又黑的眉毛底下的眼睛也失了精采，但當他緩緩的四顧的時候，卻對廢園忽地閃出我在學校時代常常看見的射人的光來。

從這段外貌描寫我們可以感受到一個很典型的落魄知識分子形象，但呂緯甫又絕不是一般知識分子的那種頹廢，他的身上還保留著他特有的懾人的氣魄，只是他放棄了他的革命目標，所以他隱藏起了他內心那股革命知識階層所具有的覺醒的氣息，他麻醉著自己讓自己放棄革命。

　　而呂緯甫當時的生活並非渾渾噩噩可以概括的，準確的說來，呂緯甫是對革命事業失望後壓抑著自己的革命意識，放鬆麻醉自己的思想，讓自己作為一個普通的小市民過著平淡的生活，但還是在世俗生活中保有自己的思維與見解，不是盲目地隨波逐流，呂緯甫所過的生活應該是魯迅所希望擁有的一種看似乏味卻平穩安定的生活。因此，我們可以看到魯迅作為凡人，他也會彷徨迷茫，只是他能夠及時的冷靜下來並做出適合自己的抉擇。如果一個人不會猶豫，不會彷徨，他在現實上只有陷入不真實的存在，每次的彷徨或許實際是人生的每一次轉機。在懶散無聊人生底下，有堅貞不屈的意志，有高潔堅定的人格。這是在魯迅所遭遇的空前的寂寞、絕望與虛無的精神危機中，通過回到自己的精神故鄉進行反思與尋覓，吸取抵抗黑暗的思想資源和精神力量，誠如他對嵇康的重視。因此，我們如果要對小說的人物形象進行概括和分析，只好研究足以表現人物形象的空間意象了。

　　觀察魯迅的獨立人格和意志是可以發現吳越文化的深層印痕，這可以在「我」與呂緯甫身上找到根據。「我」與呂緯甫在酒樓不期而遇之外，呂緯甫還向「我」詳細地講述了他這次來 S 城的目的，一件是奉母命為三歲時夭亡的小兄弟遷墳，另一件是母親要他給舊時的鄰家姑娘阿順送兩朵剪絨花。兩件事他都辦得不如意。小兄弟的墓找到之後，掘開一看，墓穴裡連屍骨也沒有，連最難腐爛的頭髮也不見蹤影了，但他還是遷了點原處土去埋在父親的墳地上。母親叫呂緯甫給阿順送剪絨花去的原因是，阿順小時候曾因為羨慕別的孩子頭上戴著剪絨花，「自己也想有一朵，弄不到，哭了。哭了小半夜；就挨了他父親的一頓打，後來眼眶還紅腫了兩三天緣故。」然而這次呂緯甫帶著從外省特意買來的剪絨花來找她時，她早已不在人間，呂緯甫便把剪絨花送給了阿順的妹妹阿昭，雖然他「實在不願意送她」，為的是回家後好對母親說「阿順見了喜歡的了不得」。這兩件事都是很無聊，「等於什麼也沒有做」，但他卻都做得很盡興。

　　為了使探討不至於枝蔓過多，我們主要以小說文本的「S 城」（家宅隱喻）這一具有典型性的外在空間意象，來對塑造呂緯甫人物形象的空間表徵法加以分析。

　　法國哲學家加斯東・巴舍拉認為「家宅」對人的重要性，強調「它確實是個宇宙。它包含了宇宙這個詞的全部意義。」[6]而「家宅」之所以重要，是因為「家宅是一種強大融合力量，把人的思想、回憶和夢融合在一起。在這一融合中，聯繫的原則是夢想。過去、現在和未來給家宅不同的活力，這些活力常常相互干涉，有時相互對抗，有時相互刺激。」[7]當然，我們將巴舍拉所說的「家宅」在敘事

6　加斯東・巴舍拉著，張逸婧譯：《空間詩學》（上海市：譯文出版社，2009年），頁2。

7　同上注，頁5。

作品中寫一個特殊的空間（即「S 城」為「家宅隱喻」）確實可以很好地表現人物的形象特徵。如以下所引段落：

> ……我站在雪中，決然的指著他對土工說，「掘開來！」我實在是一個庸人，我這時覺得我的聲音有些希奇，這命令也是一個在我一生中最為偉大的命令。但土工們卻毫不駭怪，就動手掘下去了。
>
> 我先前並不知道她曾經為了一朵剪絨花挨打，但因為我母親一說起，便也記得了蕎麥粉的事，意外的勤快起來了。我先在太原城裡搜求了一遍，都沒有；一直到濟南……

為呂緯甫於落魄的時候回到 S 城作出鋪墊的「遷葬」、「吃蕎麥粉」、「送剪絨花」的情節，是頗能表達入世漸深的作者，精神的絲縷依然牽引著已逝的童年、青春的證明。作為遷葬中的小兄弟，使得遷墳的過程，可以完整地看到呂緯甫一絲不苟的行為，藉此推動出他的情感意志和念舊情懷。送剪絨的事亦是如此，對於阿順這個故人，雖說為母親，但「為阿順，我實在還有些願意出力的意思的」。於「夢中的女孩」[8]，呂緯甫是不能忘懷的。作為覺醒的知識分子，現實遭遇的種種挫折，找不到解決的方法，唯有回到 S 城（家宅）尋思再作調整。我們不難理解魯迅藉由「我」與呂緯甫，重回故鄉挖掘越地的精神資源，作為他重返現實的勇氣和力量。

我們看到呂緯甫行動迂緩、外表衰瘦和頹唐，但卻不失有光彩的

8　阿順是魯迅記憶中的重構，「夢中的女孩」是永遠長不大的，永遠明淨與清純。她訴諸作者的心靈，可遇而不求，可望而不可即，暗含著對至美的追求終是無望的恆長的悲哀。張直心：〈夢中的女孩──魯迅《在酒樓上》細讀〉，《中國現代文學研究叢刊》2005年第4期。

一面。在無聊的瑣事背後，是對已逝和尚存的生命的深情眷戀。吳越文化特立獨行，剛健清新、富有判逆精神的養分，在在滋養著他，讓他「美麗」的品質得以健康成長。在「我」期望的神情下，可以體味到呂緯甫自諷自責、惶惶不安與心存感激的真誠與人情味。這裡不難想見現實中的魯迅在那些「正人君子」、「名教授」們要放逐自己時所遭受的焦慮的境遇，進行著多重隱秘的思想對話。而「我」與呂緯甫或其他角色的精神人格，內在似乎隱約著寓意多重隱秘的對話。[9]

魯迅晚年寫的一篇回憶散文〈我的第一個師父〉，與《朝花夕拾》中所收的散文風格相同。魯迅在不到一周歲時，父親按照紹興習俗，怕孩子養不大，就帶他到附近的長慶寺拜和尚龍師父為師。內容記敘了自己的童年生活，塑造了一個吃葷娶妻，不拘行跡，衝破戒律，摒棄舊習的具有叛逆性格和尚龍師父的形象，記述了他富有傳奇色彩的和尚戀上寡婦的故事，對封建道學和宗教禁欲主義對人性的禁錮與摧殘作了有力的批判。而魯迅在當時因此得到「長庚」的法名：

> 拜師是否要贄見禮，或者布施什麼的呢，我完全不知道。只知道我卻由此得到一個法名叫做「長庚」，後來我也偶爾用作筆名，並且在《在酒樓上》這篇小說裡，贈給了恐嚇自己的姪女的無賴；還有一件百家衣，就是「衲衣」，論理，是應該用各種破布拼成的，但我的卻是橄欖形的各色小綢片所縫就，非喜慶大事不給穿；還有一條稱為「牛繩」的東西，上掛零星小件，如歷本，鏡子，銀篩之類，據說是可以避邪的。這種布置，好像也真有些力量：我至今沒有死。[10]

9　陳浩：〈思想對話的形象──從紹興民間文化解讀魯迅的思想風格〉，《魯迅研究月刊》2004年第10期。

10　《墳》，《魯迅文集》，哈爾濱市：黑龍江人民出版社，2004年1月。

《在酒樓上》裡有一個「無賴」角色「長庚」，是魯迅藉以指出傳統文化中醜惡的一面，並把自己一生的文學活動投放在挖掘劣根，洗滌污水之中。誠然吳吳越文化有愚昧的民俗民風，魯迅透過小說對此進行深刻的揭示和反思，並發揮他一貫的看法，中國的落後「只能全歸舊道德上習慣方法負責。」

　　……奇怪得很，半世紀有餘了，邪鬼還是這樣的性情，避邪還是這樣的法寶。然而我又想，這法寶成人卻用不得，反而非常危險的。[11]

三　風景之發現

　　自然環境是人物活動的具體場景，它的重要功能之一是渲染氣氛，奠定基調；為刻畫人物作鋪墊。小說關於自然環境的描寫，尤其以「廢園」、「老梅」和「雪」特富於人格化的意象。李陀在《意象的激流》中認為「意象的營造，就是在現代小說的水平上恢復意象這樣一種傳統的美學意識，就是使小說的藝術形象從不同程度上具有意象性質，就是從意象的營造入手試圖在小說創作中建設一種充滿現代意識的中國作風和中國氣派。」誠然，以魯迅「所寫之境」實際隱藏著他的理想，這意象愈具愈活動力，在讀者潛在經驗世界中喚起的共鳴也便愈強烈。而我們透過魯迅獨具「中國作風和中國氣派」的「雪」環境描寫，多少了解暗示或象徵背後的文化特質，烘托人物的性格與心理。

　　小說有幾段描寫「雪」的場景：

---

11 同上注。

「窗外只有漬痕斑駁的墻壁,帖著枯死的莓苔;上面是鉛色的
天,白皚皚的絕無精彩,而且微雪又飛舞起來了。」

「幾株老梅竟鬥雪開著滿樹的繁花,彷彿毫不以深冬為意;倒
塌的亭子邊還有一株山茶樹,從暗綠的密葉裡顯出十幾朵紅花
來,赫赫的在雪中明得如火,憤怒而且傲慢,如蔑視游人的甘
心於遠行。我這時又忽地想到這裡積雪的滋潤,著物不去,晶瑩
有光,不比朔雪的粉一般乾,大風一吹,便飛得滿空如煙霧。」

「寒風和雪片撲在臉上,倒覺得很爽快。見天色已是黃昏,和
屋宇和街道都織在密雪的純白而不定的羅網裡。」

魯迅寫作《在酒樓上》的這一年,他也剛譯完廚川白村的藝術專論
《苦悶的象徵》。書中有句話「生命力受壓抑而生的苦悶懊惱乃是文
藝的根柢,而其表現法乃是廣義的象徵主義」。[12]可以說,小說一開始
提到小城裡「深冬雪後,風景淒清」和結束時「見天色已是黃昏,和
屋宇和街道都織在密雪的純白而不定羅網裡。」這象徵性的情境描寫
是魯迅找到表達和渲泄自己情感的基調。

柄谷行人在《日本現代文學的起源》中以「風景之發現」來考察
日本「現代文學」的形成過程。在他看來,「所謂的『風景』並不是
這些東西,而是通過還原其背後的宗教、傳說或者某種意義而被發現
的風景。」[13]這裡的「雪」景實際突顯了「我」無論回來還是歸去,
生命一直都受著沉重、焦慮、矛盾與惶惑的追問和情感的折磨。但有
論者認為「梅花鬥雪」和「茶花如火」不可能同時提涉呂緯甫和

12　(日)廚川白村著,魯迅譯《苦悶的象徵》(天津市:百花文藝出版社,2000年),
　　頁16。
13　柄谷行人著,趙京華譯:《日本現代文學的起源》〈序〉(北京市:中央編譯出版社,
　　2013年7月),頁2。

「我」，也不是生命力脆弱的阿順，她和雪地裡的花不相配。[14]如果按照柄谷行人的說法，「風景」是含有某種意義而被發現，則在「我」與呂緯甫身上，堅韌如梅花，又或是「憤怒而且傲慢」如山茶花，顯然都象徵著一種生命力旺盛的意味。這種有意味的形式其實也暗示著更為深邃的精神意識。同時，在呂緯甫敘述自己故事的間隙，穿插了一段生動的廢園景色描繪：

> 窗外沙沙的一陣聲響，許多積雪從被他壓彎了的一枝山茶樹上滑下去了，樹枝筆挺的伸直，更顯出烏油油的肥葉和血紅的花來。天空的鉛色來得更濃，小鳥雀啾唧的叫著，大概黃昏將近，地面又全罩了雪，尋不出什麼食糧，都趕早回巢來休息了。

這裡展示著「我」的感情世界，寄予著對現代知識分子以獨立人格和獨立意志與桎梏重重的生存境況相抗衡的期望。而這獨立人格的培植與具原生態空間不能分隔。汪暉有一段話頗能說明這個情況：

> 這個獨白性的故事被置入第一人稱「我」的敘述過程，卻表達了對故鄉與往事的失落感，並由此生發出較故事本身的意義更為複雜的精神主題。第一人稱敘述者顯然是在落寞的心境中想從「過去」尋得幾許安慰與希望，因此他對故鄉「毫不以深冬為意」的鬥雪老梅與「在雪中明得如火，憤怒而且傲慢」的山茶懷著異樣的敏感。然而，呂緯甫和他的故事卻一步步地從他心頭抹去，從「過去」覓得「希望」的想頭。他的「懷舊」的心意得自然地使得敘述過程不斷地呈現「期望」與「現實」的

---

14 張夏放：《中國現代小說中的風景描寫》（臺北市：秀威資訊科技公司，2014年3月），頁55。

背逆造成的「驚異」，顯露出敘述者追尋希望的隱秘心理所形成
的獨有敏感：他從一開始便從外形到精神狀態感受到呂緯甫的
巨大變化，但仍然從他顧盼廢園的眼光中尋找「過去」的神
彩。[15]

魯迅無疑躊躇於「過去」與「期望」，如果按照汪暉的說法，這「過
去」的安慰與希望，也許深化了對於養育他的吳吳越文化中的「復
仇」意識。這種「復仇」意識對於魯迅的性格、氣質的形成有著很大
的影響。從伍子胥、吳王夫差以及越王勾踐之間的多重復仇故事，到
民間流傳的復仇女神──「女吊」形象，孕育了吳吳越文化中一脈
「剛烈」的人格傳統與品質，如王充、陳亮、顧憲成，黃宗羲、秋
瑾、徐錫麟，陶成章等，他們那種以天下為己任，不計較個人榮辱得
失的精神面貌，將吳吳越文化深層次的反抗強暴的復仇意識，憂國憂
民、叛道新變的傳統發揮到極致。

可以想見，面對新文化運動退潮、軍閥混戰、血腥鎮壓愛國學生
的政局亂世，幫閑文人、正人君子的助紂為虐，就越使魯迅愈加深切
地痛感弘揚復仇意識的重要性和迫切性，也能明白魯迅為何推崇和讚
賞家鄉紹興戲劇中的兩種「鬼」──「無常」[16]、「女吊」[17]的原因。[18]

---

15 汪暉：《魯迅小說的精神特徵與「反抗絕望」的人生哲學》，王曉明主編《二十世紀
中國文學史論‧上卷》，上海市：東方出版社，2003年4月，

16 魯迅讚賞「無常」的性格，「鬼而人，理而情，可怖而可愛」，「聰明正直」，「勾魂
使者」「無論貴賤，無論貧富，其時都是『一雙空手見閻』，有冤得申，有罪就得
罰。……未曾跳到半天空麼？沒有『放冷箭』麼，無常的手裡就拿著大算盤，你擺
盡臭架子也無益。」他不欺詐不勢利也不媚態，而且裁判公正：「那怕你，銅牆鐵
壁！那怕你，皇親國戚！」如此「真正主持公理的腳色，雖然他們並沒有在報上發
表過什麼大文章」。這暗示了人間實際上沒有真正的公理。《朝花夕拾》，《魯迅文
集》，哈爾濱市：黑龍江人民出版社，2004年1月。

17 「帶復仇性的，比別的一切鬼魂更美，更強的鬼魂。」儼然是一尊復仇女神的象

　　在此，也能以柄谷行人對「風景的被發現並非源自對外在對象的關心，反而是通過無視外在對象之內面（內在、內在的自我、個人心理等）的人而發現的」，[19]以顯示魯迅自我情感的不經意流露，透過雪中的老梅、如火的山茶花的「憤怒而且傲慢」，更多地看見魯迅的影子。而小說中雪境段落的描寫，恰如柄谷行人所說的「這個客觀之物是在風景之中確立起來的。並不是一開始就存在著，而是在風景中派生出來的」。[20]藉著重回 S 城，舊地雪景除了承擔渲染氛圍的作用，也深刻烙印上魯迅的「懷舊」情緒。這「不愉快的對象」，說穿了就是「期望」與「現實」，以襯托魯迅矛盾心境的寫照。

四　結論

　　魯迅的小說充滿了想像的空間，內容深切與表現特別讓人有無限解讀的可能，《在酒樓上》堪稱最富「魯迅氣氛」的小說，當然以它承載的表意內蘊是窺探魯迅精神實質重要的依據。而魯迅講的故事，是以實用和獨特的方式塑造經驗的原材料——自己的經驗。如果我們把紹興這個具有吳吳越文化的歷史古城作為表意符號，那麼這種塑造過程可以最充分地由「氣味」來體現。本雅明說：

徵，她被冤枉而死，「準備作屬鬼以復仇」。與「女吊」復仇精神相比，「只有明明暗暗，吸血吃肉的凶手或其幫閒們，這才贈人以『犯而勿校』或『勿念舊惡』的格言」。有冤必伸，有仇必報，一個也不寬恕！《且介亭雜文末編》，《魯迅文集》，哈爾濱市：黑龍江人民出版社，2004年1月。

18 魯迅一生痛恨姑息惡行的寬恕，主張「痛打落水狗」的精神。雖然「有時也覺得寬恕是美德，但立刻也疑心這話是怯漢所發明，因為他沒有報復的勇氣；或者倒是卑怯的壞人所創造，因為他貽害於人而怕人來報復，便騙以寬恕的美名。」《墳》，《魯迅文集》，哈爾濱市：黑龍江人民出版社，2004年1月。

19 同注13，頁3。

20 同注13，頁20。

講故事的人便加入了導師和智者的行列。他擁有教誨，但這不像俗諺那樣只適用幾個場合，而是像智者的智慧普遍皆準。講故事者有回溯整個人生的稟賦。他的天資是能敘述他的一生，他的獨特之處是能鋪陳整個的生命。講故事者是一個讓其生命之燈芯由他的故事的柔和燭光徐徐燃盡的人。[21]

我們透過故事理解魯迅獨特的生命經歷，其生命的燈芯以故事的形式，藉由講故事者的姿態燃盡了自己，並且言傳身教以傳遞後世。

---

21 漢娜‧阿倫特編，張旭東、王斑譯：《啟迪──本雅明文選》〈講故事的人〉（北京市：生活‧讀書‧新知三聯書店，2008年9月），頁118。

附錄二
魯迅《祝福》中的「我」

一　前言

　　《祝福》寫於一九二四年二月七日，小說的主人公是中國農村的勞動婦女祥林嫂。一般認為小說是魯迅透過「我」描寫了祥林嫂不幸的命運際遇，帶出了農村婦女在封建等級傳統社會的愚昧和冷漠。小說揭示了封建制度的殘酷本質，流傳於民間「從一而終」的觀念與迷信思想對民眾的壓迫，不僅造成他們物質的貧困與生活的艱難，並且在精神上施加了致命的摧殘。一如魯迅同期的作品，看客庸眾的嘲笑戲弄與封建迷信思想的盲目隨從，正是摧毀祥林嫂的始作俑者，這也是他所鄙視的。

　　小說中的敘述者「我」是陳述祥林嫂悲劇故事的關鍵角色，這個「我」身分特殊，「我」對祥林嫂的過去、現在與未來始終處於被動的位置，而且態度曖昧。學界普遍對魯迅小說中的「我」多有詮解，小說中的不可靠敘述是基於魯迅作為小說真實作者與隱含作者的雙重身分。因此，從敘事角度而言，《祝福》中的「我」的身分，確實提供給我們窺探魯迅小說「敘述者」的面向，即能找到一個檢視魯迅是以怎樣的身分敘述故事！又可藉由小說情節、環境與人物來探討「我」與魯迅「真實作者」之間存在的關係。

二 《祝福》中的魯鎮與「我」

　　錢理群明確指出《祝福》裡有兩個故事，即「我」的回鄉故事，「我」講述的「他人」——祥林嫂的故事。更準確地說，小說講述的是「祥林嫂與魯鎮」、「我與魯鎮」、「我與祥林嫂」三者之間複雜關係的故事。[1]我們可以經由「我」這第一人稱主人公敘述中的體驗視角，將讀者直接引入「我」正在經歷事件時用來表徵祥林嫂人物形象的空間意象。而如此安排「我」在魯鎮的經歷是在魯迅的藝術中的一種「局限」。[2]這種「局限」顯然只有家鄉才能把魯迅小說敘述的表層下面的「內在內容」解讀出深意。[3]

　　自然環境是人物活動的具體場景，它重要的功能之一是渲染氣氛，奠定基調，為刻畫人物作鋪墊。小說的開端和結尾都有描述「我」眼中的魯鎮：

> 舊曆的年底畢竟最像年底，村鎮上不必說，就在天空中也顯出將新年的氣象來。灰白色的沉重的晚雲中間時時發出閃光，接著一聲鈍響，是送灶的爆竹；近處燃放的可就更強烈了，震耳的大音還沒有息，空氣裡已經散滿了幽微的火藥香。我是正在這一夜回到我的故鄉魯鎮的。雖說故鄉，然而已沒有家。

1　〈《祝福》中「我」的故事〉，錢理群：《走進當代的魯迅》，北京市：北京大學出版社，1999年11月，頁158。

2　李歐梵認為魯迅想在家鄉的世界裡寄寓更深廣的意義，並在早年見聞中找出象徵。因此，魯迅對他家鄉和家鄉人物的興趣顯然是超越了他所熟悉的現實之上的。參《鐵屋中的吶喊》，石家莊市：河北教育出版社，2000年7月，頁55。

3　李歐梵圍繞在「獨異個人」和「庸眾」這兩種經常出現在魯迅小說的形象，是得以為他建立一個「譜系」，從而尋找切入魯迅小說的內層，而李氏在這方面的解讀可說是提供了表現出作為創造性的魯迅特點的角度。同上注，頁66。

　　小說關於「我」回到魯鎮時，對眼前瀰漫著新年歡樂的氛圍，但自己卻已沒有家的處境，讓讀者直接接觸人物的想法。並以始於爆竹聲，終於爆竹聲環境布置下的情節構成一個圓圈[4]：

> ……我在朦朧中，又隱約聽到遠處的爆竹聲連綿不斷，似乎合成一天音響的濃雲，夾著團團飛舞的雪花，擁抱了全市鎮。我在這繁響的擁抱中，也懶散而且舒適，從白天以至初夜的疑慮，全給祝福的空氣一掃而空了，只覺得天地聖眾歆享了牲醴和香煙，都醉醺醺的在空中蹣跚，豫備給魯鎮的人們以無限的幸福。

為了點明故事發生的時間、節令和地點，作為「祝福」象徵意義的魯鎮，「家中卻一律忙，都在準備著『祝福』。這是魯鎮年終的大典，致敬盡禮，迎接福神，拜求來年一年中的好運氣。」在這散發著幸福氛圍的小鎮卻讓身為知識分子的「我」感受到的不是歡樂，而是懶散舒適。

　　英國建築學家安德魯・巴蘭坦（Andrew Ballantyne）認為：「我們在不同環境中一般都會有不同的舉動，這種不同並不是刻意而為。當處於熟悉的環境中時，我們知道應該怎樣行事。我們對待非常熟悉的人的方式與對待陌生人的方式也有所不同，在公共交通工具上坐姿與在自家沙發上的坐姿也截然不同。」[5]魯鎮空間與「我」及其所導

4　魯迅小說不少篇章在情節結構上的一個特別模式，如《在酒樓上》裡呂緯甫所說的：「飛了一個小圈子，便又回來停在原地點。」這些小說所昭示的，不僅是社會、歷史、人生、人心……的幾乎不變，更是一種螺旋式的重複與循環。」但這些並非一成不變，沒有變動。參〈創造新形式的先鋒──魯迅小說論〉，收入錢理群：《走進當代的魯迅》（北京市：北京大學出版社，1999年11月），頁12-13。

5　安德魯・巴蘭坦（Andrew Ballantyne）著、王貴祥譯：《建築與文化》（北京市：外語教學與研究出版社，2007年），頁155-156。

致的行動之間確實有著千絲萬縷的內在關聯。如果隱含作者不是有意識地利用「地點」、「場所」或「環境」這樣的空間性元素，那麼所創造的人物形象難免會因抽象和朦朧而不易為讀者把握。基於此，我們在觀察魯迅以「S城」或「魯鎮」為小說地方風景時，人物在那裡存在，意即這個地方成了聯繫世界的方法，或許可以說風景在人的心底出現，「只有在對周圍外部東西沒有關心的『內在的人』（inner man）那裡，風景才能得以發現」。[6]

魯迅於「所寫之境」的魯鎮這一客觀認識論的場是確立在風景之上的，這魯鎮的環境愈具有活動力，在讀者潛在經驗世界中喚起的共鳴也便愈強烈。而我們透過魯迅獨具「中國作風和中國氣派」的「雪」是在風景中派生出來的，多少了解或暗示這象徵背後的文化特質，藉以烘托人物的性格與心理。當「我」在魯鎮時覺得茫然不知所屬，「我」只能做一個「看客」，感覺到這個地方的混亂：

> 天色愈隱暗了，下午竟下起雪來，雪花大的有梅花那麼大，滿天飛舞，夾著煙霧和忙碌的氣色將魯鎮亂成一團糟。

「我」內在的淒涼無法自豪地說出「這便是我的家鄉的美景」，這有些類似柄谷行人所說的「現代的風景不是美而是不愉快的對象」[7]。小說除了開端沒多久與結尾有雪景的描寫外，行文中間的「雪」景，也頗耐人尋味：

> 冬季日短，又是雪天，夜色早已籠罩了全市鎮。人們都在燈下

---

6 柄谷行人著，趙京華譯：《日本現代文學的起源》〈序〉（北京市：中央編譯出版社，2013年7月），頁13。

7 同上注，頁3。

匆忙，但窗外很寂靜。雪花落在積得厚厚的雪褥上面，聽去似
乎瑟瑟有聲，使人更加感得沉寂。⋯⋯我靜聽著窗外似乎瑟瑟
作響的雪花聲，一面想，反而漸漸的舒暢起來。

然後，藉由見聞祥林嫂半生事跡的片斷有了頭緒，並開始倒敘她不幸
遭遇的故事。魯迅在這裡的表達方式是特別的，他利用雪花落下的聲
音作為鋪墊，將「我」這個「看客」表現出一種極度的麻木。麻木的
是「我」想到百無聊賴的祥林嫂，被塵世眾人厭倦後陳舊的玩物，
「她未必知道她的悲哀經大家咀嚼賞鑒了許多天，早已成為渣滓，只
值得煩厭和唾棄；但從人們的笑影上，也彷彿覺得這又冷又尖，自己
再沒有開口的必要了。」雪花聲即是這麻木而殘酷的痛苦的轉移，
「給人暫得偷生，維持著這似人非人的世界。」[8]魯迅最感痛心，最
不能容忍的，是這一類好奇的「看客」，雖則沒有明顯的行為表達，
但以知識者的角色，這種微妙的聲音卻可以表現為心聲的表達。[9]魯
迅在處理小說中「看客現象」的敘述技巧可說是特殊的，錢理群認為
在「看」（鑒賞）「被看」者的痛苦背後，常常還有一位隱含的作者在
「看」：用悲憫的眼光，憤激地嘲諷著「看客」的麻木與殘酷，從而
造成一種「反諷的距離」（李歐梵語）。[10]

　　從敘事的角度而言，「隱含作者」和「真實作者」的分別，實際
上的區分是處於創作過程中的人（前者以特定的立場來寫作的人）和

8　〈紀念劉和珍〉，收入《華蓋集續編》。

9　論者以為對「聲音」的解剖即是魯迅全部寫作的宗旨所在，而「聲音」就是「表
　達」。魯迅寫作就是對「表達」這一文化行為的解剖，是關於「心聲」的「表達」。
　而心聲的表達，事實上就是魯迅所認為的寫作的根本意義之所在，也是魯迅倡導知
　識者的根本角色。參曹清華：《詞語、表達與魯迅的「思想」》，廣州市：中山大學
　出版社，2009年。

10　同注2，頁6。

處於日常生活中的這個人（後者可涉及此人的整個生平）。如小說中有關於「我」的外貌描寫（可以看作是魯迅的自畫像）。而「我」在現實中的懶散無聊或骨子裡的堅韌無私的絕望與期望的予盾心態，可以是魯迅曾經經歷的心靈寫照。這裡小說中「我」面對祥林嫂時有想要離開的心態和愧疚閃爍其詞，似乎受著創作者的潛在的審視目光。即「隱含作者」以特定的方式關注而寫有關「我」的故事，「我」雖則以異類知識者形象出現，但「我」作為講述祥林嫂故事的「隱含作者」，「有意或無意地選擇我們會讀到的東西」是「自己選擇的總和」[11]。

四　《祝福》中的祥林嫂與「我」

《祝福》故事發生的魯鎮是一個特定空間，恰好可以成為書中人物性格特徵的表徵物，人在空間裡最能呈現其生存的狀貌與意義，所以從空間的角度觀察人的生活與環境，就是理解人的最好的方法。[12]因此，空間確實是人物性格生成的具體場所及其人物形象的最佳表徵。

按照佛斯特（E. M. Forster）的說法，敘事作品的人物形象概括起來可分為兩類：「扁平人物」與「圓形人物」。[13]他認為：「扁平人物具有兩個明顯的特點：一是無論他們什麼時候在敘事作品中出現，都很容易被讀者的「情感之眼」辨識出來；二是他們在出現後就很容易

---

11 參看申丹、王麗亞著：《西方敘事學：經典與後經典》（北京市：北京大學出版社，2010年3月），頁71-73。

12 金明求：〈虛實空間的轉移與流動──宋元話本小說的空間探討〉（臺北市：大安出版社，2004年），頁8。

13 「扁平人物（Flat characters），也稱之為類型人物，他們的性格單一，沒有發展。這個類型中性質最純粹的人物，是作者循著單一理念或特質所建構出來；而圓型人物（Round characters）性格特徵則包括不止一種元素，而且性格是發展變化而不是靜止不動。參愛德華‧摩根‧佛斯特（Edward Morgan Forster）著；蘇希亞譯《小說面面觀》（臺北市：商周出版社，2009年），頁94-104。

被讀者記牢——「他們能一成不變地留在讀者的記憶中，因為他們絕不會因環境的不同而變易。」[14]下面我們主要以「魯鎮」這一具有典型性的「空間意象」，來對塑造類型人物或「扁平人物」的性格及其形象的空間表徵法加以分析。

　　顯然，《祝福》裡的人物包括「孤獨者」與「庸眾」。[15]祥林嫂是庸眾中的成員之一，但卻被她的同類迫害成為孤獨者。祥林嫂是個寡婦，而且兩次嫁人又守寡，「敗壞了風俗」，是不祥的人，加上她的兒子死得慘，對她來說，個人的不幸已經沉重，社會附加的冷漠更是雪上加霜，迫使她走向毀滅。如果根據佛斯特所說「扁平人物」該擁有的性質，則祥林嫂無疑具有他所說的「氣質類型」。[16]

　　小說如實地交代了魯鎮是「我」與祥林嫂溝通的橋樑，它瀰漫著的新年氣氛反諷著祥林嫂所受的羞辱和面臨的困境，而「我」遇見祥林嫂所引發的不安，促使「我」決定要走，都巧妙的將「我」與祥林嫂的故事聯結。[17]祥林嫂的形象以及她對「我」有關死亡與人死後命運問題的追問，如何將「我」置於困境。[18]我們可藉由她在現在的「我」「這回在魯鎮所見的人們中，改變之大，可以說無過於她的

---

14 同上注，頁95。

15 李歐梵從魯迅短篇小說裡提煉出被「看」的犧牲者有兩種，他認為魯迅在寫這兩類孤獨者與庸眾的關係時，態度有所不同，在寫孤獨者，距離較短而有更多的抒情性；而他著重表現庸眾，常用敘述技巧來造成反諷的距離。參《鐵屋中的吶喊》（石家莊市：河北教育出版社，2000年7月），頁68。

16 同注13。

17 錢理群認為「兩個故事」的關係，寄託著魯迅的深意。而兩人相遇的場面，是對「離去─歸來─再離去」的負面意義的深刻揭示。同注4，頁160。

18 在這個令「我」感到極端「惶急」不安的場裡裡，祥林嫂無意中扮演了一個「靈魂審問者」的角色，「我」則成了一個「犯人」，在一再追問下，招供出了靈魂深處的淺薄與軟弱，並且發現了自認為與「魯鎮社會」（傳統）絕對對立的「自我」與傳統精神的內在聯繫。同上注。

了」，從中透過「我」的體驗視角來觀察祥林嫂。這時敘述聲音與觀察角度已不再統一於敘述者，而是分別存在於故事外的敘述者與故事內的聚焦人物這兩個不同主體之中：

> 五年前的花白的頭髮，即今已經全白，全不像四十上下的人；臉上瘦削不堪，黃中帶黑，而且消盡了先前悲哀的神色，彷彿是木刻似的；只有那眼珠間或一輪，還可以表示她一個活物。她一手提著竹籃，內中一個破碗，空的；一手拄著一支比她更長的竹竿，下端開了裂：她分明已經純乎是一個乞丐了。

祥林嫂就好像按照佛斯特所述的那樣，「因為他們從不需浪費筆墨再坐介紹，他們從不會跑掉，不必被大家關注著做進一步的發展，而且一出場就能帶出他們特有的氣氛。」[19]而祥林嫂兩次成了寡婦之後來到魯鎮，碰巧都是在秋冬之間：

> 「她不是魯鎮人。有一年的冬初，四叔家裡要換女工，做中人的衛老婆子帶她進來了，頭上扎著白頭繩，烏裙，藍夾襖，月白背心，年紀大約二十六七，臉色青黃，但兩頰卻還是紅的。」「但有一年的秋季，大約是得到祥林嫂好運的消息之後的又過了兩個新年，她竟又站在四叔家的堂前了。桌上放著一個莕薺式的圓籃，檐下一個小鋪蓋。她仍頭上扎著白頭繩，烏裙，藍夾襖，月白背心，臉色青黃，只是兩頰上已經消失了血失，順著眼，眼角上帶些淚痕，眼光也沒有先前那樣精神了。」

此時，全知敘述者的眼光已被故事中「我」所替代，因此我們無法超

---

19 同注13，頁95。

越人物的視野，只能隨著人物來體驗發生的一切。「我」對著祥林嫂，有一種不自在的感受，加上她向「我」詢問人死後有無魂靈的事，使原本毫不介意的「我」，此刻卻陷入了躊躇，回應含糊其辭，並且以「說不清」掩飾心裡的不安逸。「我」迅速逃離現場後，作了一番自我辯解：

> 我乘她不再緊接的問，邁開步便走，匆匆的逃回四叔的家中，心裡很覺得不安逸。自己想，我這答話怕於她有些危險。她大約因為在別人的祝福時候，感到自身的寂寞了，然而會不會有別的什麼意思的呢？──或者是有了什麼預感了？倘有別的意思，又因此發生別的事，則我的答話委實該負若干的責任……但隨後也就自笑，覺得偶爾的事，本沒有什麼深意義，而我偏要細細推敲，正無怪教育家要說是生著神經病；何況明明說過「說不清」，已經推翻了答話的全局，即使發生什麼事，於我也毫無關係了。

這裡，全知敘述者放棄自己的感知，轉為採用「我」的感知來觀察，但在「選擇性全知敘述」中，視角依然是全知敘述者的。在以上片段中，我們隨著敘述者的眼光來觀察「我」，觀察視野超出了「我」視野的局限（他沒有注意到一向沉默無言的祥林嫂會向他追問死後魂靈的事）。完全沉浸在個人世界中的「我」對精神異常的祥林嫂竟然毫無察覺，之後一連串的自我愧疚，無論對敘述者來說還是在讀者眼裡都顯得荒唐，因此產生了一種戲劇性反諷的效果。由於故事外的全知敘述者與「我」有一定的距離，使得讀者也傾向於同「我」對祥林嫂寢食難安，對外界反映冷漠的人物保持一定的距離。

五 《祝福》中的祥林嫂與魯鎮

敘述者對故事空間環境的描述不僅展現了環境本身的情況，同時也體現了敘述者對環境的印象和感受。可以說，故事中的敘述者在對環境進行客觀描述的同時，對所見物狀進行的描繪，均在強調人物與地方在寓意上的互為照應關係，也體現了敘述者的思維方式。如「雪花」以隱含意義的方式暗示了祥林嫂的不幸遭遇，象徵魯鎮新年的爆竹一樣，「只覺得天地聖眾歆享了牲禮和香煙，都醉醺醺的在空中蹣跚，豫備給魯鎮的人們以無限的幸福。」藉以造成反諷的距離：

> 魯鎮永遠是過新年，臘月二十以後就忙起來了。四叔家裡這回須僱男短工，還是忙不過來，另叫柳媽做幫手，殺雞，宰鵝；然而柳媽是善女人，吃素，不殺生的，只肯洗器皿。祥林嫂除燒火之外，沒有別的事，卻閒著了，坐著只看柳媽洗器皿。微雪點點的下來了。

這段空間描寫真實地反映故事中魯鎮與人物之間的對立，敘述者描繪了魯鎮的熱鬧現象以及祥林嫂的閒來無事與風景之發現有了聯繫。[20]

祥林嫂不是魯鎮人，但她與魯鎮的關係千絲萬縷。她雖然帶著不好的兆頭來到魯鎮當女工，由於「模樣還周正，手腳都壯大，又只是順著眼，不開一句口，很像一個安分耐勞的人」，生活在「永遠是過新

---

20 柄谷行人認為所謂的風景與以往被視為名勝古蹟的風景不同，可以說這指的是從前人們沒有看到的，或者更確切地說是沒有勇氣去看的風景。他從而注意到康德對美與崇高的區分，被視為名勝的風景是一種美，而如原始森林、沙漠、冰河那樣的風景則為崇高。美是透過想像力在對象中發現合目的性而獲得的一種快感，崇高則相反，是在怎麼看都不愉快且超出了想像力之界限的對象中，透過主觀能動性來發現其合目的性所獲得的一種快感。同注6，頁14。

年」的魯鎮，最初還在這地方因勞動之下有了滿足，身體漸入佳境而變胖，而「實在比勤快的男人還勤快」。後來的故事峰迴路轉，小說情節細緻描繪了祥林嫂被擄掠回家之後，遭到五花大綁，被迫嫁到深山野坳裡去，並生下一個兒子，但兒子阿毛卻遭遇不測而慘死，於是她帶著萬念俱灰的精神狀態再來到魯鎮，但迎接她的卻是來自全鎮的庸眾。祥林嫂不幸的故事傳遍全村，被眾人以看似同情，卻一次次的重複故事反而變成譏諷和戲弄。再加上迷信死後要被閻王鋸開身體分給兩個丈夫的恐懼，還要負上損了門檻讓萬人踐踏仍不能贖罪的愧疚感。結果，祥林嫂在眾人的排斥和踐踏下徹底孤立，最終死在新年。

　　「我」最初回到魯鎮時，除了書寫魯鎮喧鬧和豐盛之外，敘述者把重點都放到對祥林嫂形象的直接描寫上。所以，敘述者在「我」倒敘講述祥林嫂「從此又在魯鎮做女工了」，描繪這一次「她的境遇卻改變得非常大。」還安排了兒子遭狼吃了和額上傷痕兩個故事的具體描寫，這兩個故事其實都有祥林嫂精神的真實寫照。可以說，當讀者「觀看」這些故事情節時，他們彷彿在接受觸目驚心的震撼性刺激，從而對祥林嫂悲劇性的人物形象產生清晰、強烈、思緒萬千而又永難忘懷的印象：

> 　　她大約從他們的笑容和聲調上，也知道是在嘲笑她，所以總是瞪著眼睛，不說一句話，後來連頭也不回了。她整日緊閉了嘴唇，頭上帶著大家以為恥辱的記號的那傷痕，默默的跑街，掃地，洗菜，淘米。快夠一年，她才從四嬸手裡支取了歷來積存的工錢，換算了十二元鷹洋，請假到鎮的西頭去。但不到一頓飯時候，她便回來，神氣很舒暢，眼光也分外有神，高興似的對四嬸說，自己已經在土地廟捐了門檻了。

這種場景和祥林嫂這樣一幅受盡恥辱、竭盡辛勞而想換取精神上的安慰，最終卻在封建迷信冥頑不靈之下化為泡影，的確讓人產生一種莫名的傷感。

> 冬至的祭祖時節，她做得更出力，看四嬸裝好祭品，和阿牛將桌子抬到堂屋中央，她便坦然的去拿酒材和筷子。
> 「你放着罷，祥林嫂！」四嬸慌忙大聲說。

在小說的尾聲，受到代表封建男權勢力的四叔的控制和壓迫，最後精神崩潰的祥林嫂不但沒有因捐門檻而逆轉風俗，「然而她總如此，全不見有伶俐起來的希望。」敘述者在此顯然短暫借用了「我」的視角，略去了「我」沒有明說祥林嫂是離開魯鎮或是回去村裡後才淪落為乞丐，「但當我還在魯鎮的時候，不過單是這樣說；看現在的情狀，可見後來終於實行了。」這一文本空白雖然需要讀者來填補，但祥林嫂什麼時候成了乞丐已經不重要。一切奴隸性都在接近祥林嫂這個受虐者，甚至在她身上彰顯。因為奴隸性把地方設置的障礙作為依靠，因為奴隸性彷彿附著在岩石上的軟體動物，粘在障礙上，是受虐者想跨越無法跨越的障礙。

六 結論

《祝福》無疑表現了祥林嫂的悲劇命運，這個在傳統夫權、父權、族權與神權交併壓迫下，被摧殘至死的婦女形象，她的悲慘結局，正是對封建禮教吃人的一次強烈控訴。黃修己認為魯迅沒有過多地寫祥林嫂在經濟上受剝削，而突出地寫在精神上所受的奴役，寫祥林嫂在心靈上所受封建禮教、迷信的沉重的威壓。一個勤勞、善良、

本分的勞動婦女，就這樣被封建禮教吞噬了，小說極深刻地揭露了殺人不見血的封建禮教的殘酷性。[21]如果，我們將敘述者比喻為施虐者，在這個大環境下，他要想折磨人，是因為他自己先受這個環境的折磨。要想折磨人，必須認為自己受到一個封建禮教的折磨，而這個人在施虐時達到了遠高於我們的存在境界。只有當神奇花園的鎖匙掌握在劊子手手中時，這個人才能成為施虐者。

《祝福》裡的「我」深具意義。「我」好比介體，敘述者作為施虐者無法給自己製造他是介體這樣一個幻覺，除非他將受害人轉變成另一個自己。即使在他加倍施虐的時候，他也不能不從痛苦的他者身上看到自己。這便是經常有人注意到受虐者和劊子手之間那種奇怪的溝通方式所具有的深刻意義。[22]祥林嫂與「我」就像受虐者（即受害者）認同於一切被欺凌和被侮辱的，認同於她自己的命運向劊子手隱隱約約提示的一切真實的和想像的不幸。受虐者怨恨的是惡的精神本身。她一心要做的不是壓倒惡人，而是向惡人證明他們的惡和她自己的善。她要讓他們蒙受羞恥，強迫他們注視他們卑鄙行為的犧牲者。

因此，祥林嫂這個受虐者，是只有失敗能夠使敘述者發現真正的神靈，即在行動之中立於不敗之地的「我」。我們已經知道，魯迅作品形而上欲望的結局永遠是奴隸地位、失敗和恥辱。假如結局叫人等待過久，依照敘述者的邏輯，他就會加速結局的到來。如此，或引述勒內・基拉爾（Rene Girard）的一個石頭故事來顯示「我」在魯迅作

---

21 黃修己：《中國現代文學發展史》（香港：中國圖書刊行社，1994年7月），頁69-70。

22 這裡或以勒內・基拉爾解剖普魯斯特《追憶逝水年華》的情節為例，闡述施虐癖是一種複製，是出於一種奇特的目的，自己給自己演出的一場生動的喜劇，並認為施虐者在施惡的時候，不斷與犧牲品亦即受折磨者的清白無辜認同。他代表善，而介體（即「我」）代表惡。這樣的話，我們可以看到敘述者（善）、「我」（惡）和祥林嫂（受虐者）之間的微妙關係（括號為筆者所加）。參《浪漫的謊言與小說的真實》（北京市：北京大學出版社，2012年11月），頁174。

品的重要性地位：

> 某人認為有寶物藏在石頭下，他翻了一塊石頭又一塊石頭，一
> 無所獲。這樣徒勞地翻找，他感到太累了，可是又捨不得放棄，
> 因為寶物太珍貴。他於是決定找一塊重得抬不動的石頭，他把
> 希望全押在這塊石頭上，他要在這塊石頭上耗盡最後的氣力。[23]

不斷的鞭撻禮教吃人的敘述者只有靠祥林嫂這樣的封建體制下的失敗
者，才能彰顯「我」的價值意義。敘述者目標終結於受虐者，然而更
直接導向受虐者的，是魯迅所說的「想做奴隸而不得」和「暫時做穩
了奴隸」的奴隸地位，是魯迅對自己乃至全民族身上殘留的奴隸本質
的蔑視。

---

23 同上注，頁166。

附錄三
周作人「情」歸何處

　　這裡說的「情」，主要是指情文俱至的言志詩觀。情志理論基本觀點是：詩歌要表達人們的感情、志意、抱負。這一觀點體現了古代文學偏重於抒情性方面的特徵，強調要在作品中表達作者的志向，抒發作者的感情。另一方面表明古代的文學理論，從一開始就牢牢地掌握住了文藝作品表現作家情感、志意的這一基本特徵。

　　周作人與中國傳統文學的關係千絲萬縷，從創作接受薰陶到作品風格形成，有時說不清楚所受影響之深。透過與古人生命內蘊的契合應就是周作人趣味所在之處，加上他所闡述的非線性發展的文學史，主要圍繞著「文以載道」及「詩言志」的傳統文學觀。而周作人之追慕陶淵明和顏之推，並非一蹴而就，實際是歷經十年的艱苦磨練形構，在載道與言志兩方面都受到二人的啟迪。周作人的審美觀，即指他對「人文的全體」的審美判斷的最根本的地方，也最能統馭一切的，學者舒蕪認為是「中庸」。這提供給我們了解周作人或以中庸之道的立場，透過對陶淵明與顏之推的接受，為個人「情」、「志」奠定基礎，如實為自己的文學文化活動的技藝結合，並取得了如陶淵明所說「嘗著文章自娛，頗示己志。忘懷得失，以此自終。」的體悟。

　　英國學者蘇文瑜在其《周作人：自己的園地》書中認為「周作人把『個人情志』置於文學創作中心。詩言志的志，不是五四主流所提倡的『家國之志』，而是私人之緣情，周氏把它喚作『本色』。……當年講明代文學，其實就是太陽底下無新事理念的閃現，也恰是他玫瑰色的夢破滅的時候。知道未來的期許有虛妄的地方，於是退到書齋，

與古人為往，找的是自己心儀的對象，或從前人的文字裡體驗生命的
內蘊。」如周氏所說除了是一種回憶外，原因很簡單，從小讀中國書
慣了，就不以為奇，所受影響自己也不大覺得，即使想說也有無從說
起之慨。但周作人的言志詩觀明顯除了思想界三賢，即漢代王充，明
代李贄，清代俞正燮，是他佩服的通達人情物理，疾虛妄的精神之
外，六朝的陶淵明與顏之推則對他有深刻影響。可以說上述諸人為周
作人所推重[1]，大概念茲在茲與古人的交流不僅是文字語言的功能，
而是言不盡意的生命內蘊傳達的境界。

　　如果說，賦詩言志中的「志」，主要指政治懷抱，而「志」在儒
家詩學裡，其內涵則更提升了一層，指的是人生的根據。孔子云：
「不學詩，無以言」，又云：「不學周召二南，猶正牆面而立。」依儒
學的觀念，人生總要獲得一種意義，有了這種意義，人生才有依持。
在士大夫思想傳統中，先有「志」，才有立德、立言、立功。「詩者持
也」，用的是人文訓詁的方法，從語言上將詩與「志」牢固結為一
體。劉若愚以為劉勰「詩者持也」的說法相當機巧，試求調和實用概
念與表現概念這種意圖，並不能解釋為什麼表現一個人的志，對讀者
一定會有道德上有利的影響。假如這隱含的意思是說：因為詩人的志
是道德的，因此詩人的表現會有這種影響，那麼，我們可以提出這樣
的問題：為什麼詩人的志經常是道德的。假如有人進一步論道：只有
道德的志才可表現於詩中，那麼這與認為詩是一個人的志的自然表
現，這種說法就不是一回事了。」劉若愚繼而認為詩應該發揮道德影

1　周作人在文章中認為《顏氏家訓》末後的〈終制〉一篇是古今難得的好文章，自激
　　生死，故其意思平實，而文詞亦簡要和易，其無甚新奇處正是最不可及處，陶淵明
　　的〈自祭文〉與〈擬挽歌辭〉可與相比，或高曠過之。陶公無論矣，顏君或居其
　　次，然而第三人卻難找得出了。〈顏氏家訓〉，收入周作人自編文集《夜讀抄》，石
　　家莊市：河北教育出版社，2001年。

響力，這種實用性的規範性的理論，與認為詩是心的表現，這種表現性的描述性的陳述，如果沒有大大修改，簡直是無法調和的。詩是外在的語言形態的志，志是內在心理形態的詩。《禮記》〈仲尼燕居〉中所謂「志之所至，詩亦至焉」。孔穎達《詩大序正義》曰：「詩者，人志意之所適也，……蘊藏於心，謂之志；發見於言，乃名為『詩』。」

　　上述的「志」，我們認為在周作人那裡可表述為文詞氣味與思想之美，「加上明淨的感情與清澈的智理，調和成功的一種人生觀，以此為志，言志固佳，以此為道，載道亦復何礙。而欲找尋此種思想蓋已甚難，其殆猶求陶淵明顏之推之徒於現代歟。」於此也影響到與之交往的友人。周作人為俞平伯寫的〈雜拌兒之二序〉中流露出自己與俞平伯都做到了友朋間氣味相投的閒話而無所偏向的性格。固然，本著浙東人「師爺氣」的脾氣，周作人尚且承認「自己一篇篇的文章，裡邊都含著道德的色彩與光芒，雖然外面說著流氓似的土匪似的話。我很反對為道德的文學，但自己總做不出一篇為文章的文章……」。於是，受越中風土的影響下不可拔除的浙東性格，他照例寫些批評道學家的文章，進而坦言田園詩的境界是其以前偶然的避難所。

　　檢視二十年代初的周作人，誠如他自己所言：「實在難望能夠從容鎮靜地做出平和沖淡的文章來。」心境的粗糙與荒蕪，是他在寫作的道路上，開始思索要如何重拾田園詩的境界。為了更加「從吾所好」，他覺察到以陶淵明文如其人，風格即人格來看，陶詩無疑做到了情文俱至的要求。誠然，周作人喜歡陶詩，很大原因是詩人的「情」源自生活的態度，以此為文，明顯與創作上的「胸次」境界有關。同時，他認同六朝的顏之推作為典範之一，是因為「顏之推雖歸依佛教，而思想寬博，文辭恬澹，幾近淵明」有繼承關係。毋庸諱言，周作人的情志接受陶淵明「胸次」的啟發，給他提供了一個如何掌握情文俱至的標準：

　　對於文章只取有見識，有思想，表示出真性情來，寫的有風
　　趣，那就是好的，反過來說，無論談經說史如何堂皇，而意思
　　都已有過，說理敘事非不合法，而文字只是一套，凡此均是陳
　　言，亦即等於臇鼎，雖或工巧，所不取也。[2]

　　這裡，我們透過歷代文人對陶淵明「胸次」的言論，可進一步了解這
個情文俱至的言志詩觀，是如何深刻的影響文人的寫作風格。

　　東漢王充說：「文從胸中出，心以文為表。」創作源於生命感
發，透過感發所呈現的一種心態，同時可以透視詩人的人格。歷代文
人偏愛陶淵明，是因為陶詩以生命感發，藉詩言志。宋代陳師道對陶
詩的評論，喜歡點出「胸次」一詞，他說：「淵明不為詩，寫胸中之
妙爾」。王夫之云。「日暮天無雲，春風扇微和，想見陶令當時胸
次。」葉燮云：「陶潛胸次浩然。……韋柳俱不能有陶之胸次故
也。」王士禎云：「陶淵明純任真率，自寫胸臆。」方東樹云：「讀陶
公詩，須知其直書即目，直書胸襟，逼真而皆道腴，乃得之。」又
云：「陶公曷嘗有意於詩，內性既充，率其胸臆而發為德音耳。」劉
熙載云：「非文之難，有其胸次為難。」文人以「胸次」對陶詩人格
境界的形容，並且得到一種欣悅的領悟，大抵由於陶淵明在詩歌中流
露了他的創作心態，而透過自娛的方式表現自己的孤獨感受，如：
「常著文章以自娛……，酣觴賦詩，以樂其志」（〈五柳先生傳〉）。賀
貽孫說他：「味『自娛』二字，便見彭澤平日讀書作詩文本領，絕無
名根。」

　　因此，我們知道所謂胸次，乃自詩人內在生命衝動之最充分的滿
足。一種自足的歡欣與自愛的執著表現，而孤獨對於詩人乃是不可避

───────────────

2　〈女人的文章〉，周作人自編文集《立春以前》（石家莊市：河北教育出版社，2001
　年），頁39。

免的命運。「文章千古事，得失寸心知。」（杜甫〈偶題〉）陶淵明當
然有一份永久的寂寞，然而他「蓄無弦琴一張」，不奢求知音，但求
自適。「知音苟不存，已矣何所悲。」

　　「胸次」一詞，實際是「言志」詩觀在中國詩學的進一層發展，
是詩人自覺地以人文修養為詩學根基的進一步發展。清代葉燮在《原
詩》〈內篇〉中，將此概念提升到詩歌本體論的地位，他說：

> 詩之基，其人之胸襟是也，有胸襟，然後能載其性情智慧聰明
> 才辯以出。隨遇發生，隨生即盛。千古詩人推杜甫，其詩隨所
> 遇之人、之境、之事、之物，無處不發其思君王、憂禍亂、悲
> 時日、念朋友、吊古人、懷遠道，凡歡愉、幽愁、離合、今昔
> 之感，一一觸類而起；因遇得題，因題抒情，因情敷句，皆因
> 甫有其胸襟以為基。

　　歷代文人不僅讚歎「采菊東籬下，悠然見南山」、「結廬在人境，
而無車馬喧」此其閑遠自得之意，直若超然邈出宇宙之外！（蔡寬夫
語）李白評價陶潛：「陶令去彭澤，茫然太古心。大音自成曲，但奏
無弦琴。」（〈贈臨洛縣令皓弟〉），更深得「無弦琴」的真義。可見，
自足的寫作心態易於窺知詩人的「胸次」人格。誠如清代薛雪在《一
瓢詩話》中說：「詩文與書法一理，具得胸襟、人品必高。人品既
高，其一謦一咳，一揮一灑，必有過人處。」

　　周作人屬於個性的「人的文學」內容是緊靠個人本身生命的
「靈」與「肉」，而「思想通達」是其對文人創作原則的遵守，也是
個人「情」「志」的表現。周作人經常在文章中提及「思想通達」的
顏之推，且將其與陶淵明、傅山及日本的兼好、芭蕉等相比附。說是
上述者皆匯合儒釋，或能加點莊老，若是深入便大抵會通達到相似的

地方。我們大致了解周作人早期「志」的表現，集中以人道主義和個性主義精神去革新傳統的文學觀念，昭然若揭堅守著「人的文學」的本質。在他提出「對某事物之更多特別指出的認定」，即有關「人的文學」命題中的諸概念，如靈肉二重、人道主義、個人主義的人間本位主義等。這種「更多特別的指出」，無疑是指更多的表達作者的思想感情便能滿足，此外再無其他目的可言。

周作人情性中的「情致」與「閒適」

中國傳統文化之於周作人，尤其影響其早期情性的發展，最顯著突出的莫過於陶淵明。周作人之透過追慕陶淵明，在具體談論其詩文及人格時，是將陶氏的情致與閒適加以內在化，化為自己的情性。往後對於切合隱者的身分，古人中只有陶淵明其人其文較為他心服口服。周作人「向來覺得喜歡」，就因為在他看來，「中國的隱逸都是社會或政治的，他有一肚子理想，卻看得社會渾濁無可實施」，於是只好當隱士去了，舉出來的例子，恰好便是陶淵明。因此，有志之士說他「漸近自然」，實際是他的骨子裡除蘊含有陶淵明式的言志與載道的基因，另有「緣情」成分。觀者有言文學創作造詣之高者，必其能以有形之文字描刻無形之情愫，情景相融，濃淡兼宜，無損無益，無過無不及；所謂「辭達」，且入於化工也。文學的欣賞亦以化為極詣，就有形之文字紬繹其無形之情愫，彼我互糅，悲喜與共，無差無失，相若而相通，所謂「以意逆志」，入而與之俱化也。則知創作與欣賞，固一以貫之耳。創作在能「刻畫入微」，而欣賞在能「體貼入微」。這種「體貼入微」的態度，使我們看到早期的周作人在以校勘的角度，梳理當時的陶集版本時，找到切合自己情志精神內涵的文化養分。

　　誠然，周作人二十年代在一篇談陶淵明詩集版本〈陶集小記〉時，說到陶詩，承認真有其好處，並只由於其意誠而辭達。而強調感情上的「誠」與文字上的「達」正是周作人文章觀的兩個支點。這是他用以載道的正宗文章抗爭的方式，而此後更以這兩個文章支點用心成就了他獨特的文體。周作人的文章寫法上反覆強調的這兩點，「誠」是關乎內容，「達」是關乎形式，形式總是第二位的。他處心積慮成就獨特文體的雜，其實都可以歸結到為了反對「載道」，因為誠不誠，已經成了周作人最終堅持的載道、言志的劃分標準。他在很多文章中都有反覆強調的這兩點，如〈草木蟲魚小引〉中說：「我想文學的要素是誠與達，然而誠有障害，達不容易」。《漢文學的前途》中引用孔子的話，「修辭立其誠」和「辭達而已」。周氏認為是「寫文章的正當規律」，甚至用誠不誠來作為載道言志的標準，來修正之前的劃分，並且認為「載自己的道亦是言志，言他人之志即是載道」，「如若有誠，載道與言志同物」。

　　周作人之所以認為陶詩的好處在意「誠」，以「誠」承載道與志，可以有「志」的心理內涵，還可以有自然內涵和社會內涵等其他精神內涵。「載道」也不應作片面論述，根據周氏的說法是作品有「誠」，那麼文學可以有道的內涵，這內涵思想不是說教，而是融入文學作品中的血液與靈魂。

　　劉再復在二〇一四年二月出版的香港《明報月刊》第二期之〈文學常識二十講之第二講：什麼是文學〉中認為文學若只是言志形式，是有其局限。因為文學除了可以言志，還可以認知世界、認知人性，認知人的生存條件。把文學視為「載道」的形式也是片面，把文學當作除惡揚善工具，當作道德教科書，則文學就不成文學。至於五四批判韓愈的「文以載道」，是韓愈把文學視為道德倫理的轉達形式，變成一種倫理工具和道德教材。

　　至於顏之推，周作人在《兒童文學小論‧中國新文學的源流》說：「一個人做文章，要時刻注意，這是給自己的子女去看去做的，這樣寫出來的無論平和或激烈，那才夠得上算誠實，說話負責任。」周作人在多篇文章中指出顏之推的思想明達，絕不是落伍人物。對各方面他都具有很真切的了解，沒有一點固執之處。他在《風雨談》之〈關於家訓〉明言《顏氏家訓》有「見識情趣皆深厚，文章亦佳，趙敬夫作注將以教後生小子，盧抱經序稱其委曲近情，纖悉周備，可謂知言。」多次指出顏氏文如其人，展現切實而寬博的人生境界。這也正是周作人之所以鍾情於晚明小品，而「童心說」之朝向獨抒性靈，不拘格套，非從自己胸臆流出，不肯下筆。

　　周作人在《中國新文學的源流》如此說：

> 文學是無用的東西。因為我們所說的文學，只是以達出作者的思想感情為滿足的，此外再無目的之可言。裡面，沒有多大鼓動的力量，也沒有教訓，只能令人聊以快意。不過，即這使人聊以快意一點，也可以算作一種用處的：它能使作者胸懷中的不平因寫出而得以平息：讀者雖得不到什麼教訓，卻也不是沒有益處。

一方面說文學是要表達作者本人的思想感情為滿足，一方面談到能將作者胸懷的不平寫出來，即為有益處。這裡涉及了文學情志的實踐問題，值得留意的是當時的周作人寫文章，已經在摸索如何平衡道德色彩與「胸次」的底線。實際上，早期的周作人談論顏之推時，聚焦在談顏氏為人切實而寬博的心情。同時，又藉學人以蘇東坡之口談陶淵明的詩：「『東坡曰，吾於詩人無所好，好淵明詩，式鈺謂吾於詩人無不好，尤好淵明詩。吾於詩人詩各有好有不好，有好無不好唯淵明

詩。』語雖稍籠統，我卻頗喜歡，因為能說得出愛陶詩者整個心情也。」

　　無庸諱言，周作人所說的「思想通達」，是奠基於文人對歷代文章的評論，大抵圍繞在個性情志與感覺之間的關係。如周作人在〈本色〉與〈鈍吟雜錄〉文中藉馮班文章批評宋儒「反對放言高論」的文字。又以詩談到宋人論人物的文章，以為放蕩的詩猶比風刺而輕薄不近理者略勝一籌。因為，放蕩的詩較之風刺更能發揮詩人的情性，也就更為接近創作中的「胸次」境界。周作人從而覺得讀六朝文要比讀八大家好，即受害亦較輕，不至於害人心術。這些言論所設下的指標，無非是「辭達而已」。

周作人吾道自足下的「文抄公」體

　　在周作人的創作中，以「夜讀抄」作為一種閱讀方法，它不僅代表了周氏創作生涯的界線，也象徵性地作為思想改變標誌的證據。不少論者認為這種文體的出現，很大程度決定於周氏的一連串社會經歷，正如陶淵明「有一肚子理想，卻看得社會渾濁無可實施」一樣。雖說周作人用「似乎與孔明的同是一種很好的生活法」的生活態度，作為言志的取向。但這種不以為奇，所受影響自己也不大覺得，所以有點茫然，即使想說也有無從說起之慨。文學史家唐弢認為周氏這種抄一段古書湊成一篇文章，承認其有點難以排遣的惘然的感覺。同時也認同其生活思想的複雜，他說：

> 他的早期思想裡有消極因素，而這種消極因素又和積極因素膠結在一起，它是不穩定的，變化著的，可以這樣變也可以那樣變，環境遷移，當一定條件產生時，它就變了。

　　除了以吾道自足去形容這時的周作人，我們還可以看到其身心受陶淵明的影響是顯而易見的。紛擾場境在進退維谷的複雜情緒下縈迴，不能清靜。誠如陶淵明也並非永遠處於平淡恬靜，魯迅更明確表示：「陶潛不是渾身是靜穆」。陶氏〈擬古〉中有「少時壯且厲，撫劍獨行遊」的才情；又在〈讀山海經〉看到「猛志」與在〈詠荊軻〉流露的俠情，這些更為歷代讀陶詩者所關注。〈詠荊軻〉之「淩厲」，絕非「平淡」二字所能描述，歷代評論陶詩者大多沒有異議，倒是〈讀山海經〉常被解讀為「詞雖幽異離奇，似無深旨耳」；「皆言仙事，欲求出塵」，「總是遺世之志」。

　　周作人曾在何燕泉本陶集中引〈盧阜雜記〉云：「遠師結白蓮社，以書招淵明。陶曰，弟子嗜酒，若許飲即往矣。遠許之，遂造焉。因勉令入社，陶攢眉而去。」讀後覺得能寫出陶淵明的神氣和彰顯其態度，希望能夠學到這點而心生嚮往。唐宋以降，陶詩確實主要作為隱逸詩人而受到尊崇。當然，渲染其「平淡」，抑或突出其「豪俠」，很大程度取決於讀陶者的心境與志趣。

　　而陶淵明的「豪俠」風範，近人有所感慨的，最早要追溯到龔自珍《己亥雜詩》中的「舟中讀陶詩三首」。龔氏將其與屈原、孔明相提並論，強調陶氏的豪情與俠骨，甚至認定其性情磊落遠在杜甫之上。可以說陶淵明的「把酒」與「撫劍」的心境，為周作人閉門讀書，找到了實踐中庸的思想基礎，並在「疾虛妄」與「愛真實」之間取得了平衡之道。

　　曹聚仁的《從孔融到陶淵明的路》，將陶淵明比附周作人，說他心境最與陶淵明相近：

> 周先生近年恬淡生涯，與出家人相隔一間，以古人相衡，心境最與陶淵明相近。朱晦庵謂「隱者多是帶性負之人」，陶淵明

　　　　淡然物外，而所嚮往的是田子泰、荊軻一流人物，心頭的火雖
　　　　在冷灰底下，仍是炎炎燃燒著。周先生自新文學運動前線退而
　　　　在苦雨齋談孤說鬼，其果厭世冷觀了嗎？想必炎炎之火仍在冷
　　　　灰底下燃燒著。

如果說《藝術與生活》和《自己的園地》主要談論文藝的「中心問
題」，那麼《談龍集》更多說的是「邊緣問題」。或者說其間略有「文
學」與「文化」的區別。他在序言中說及「略略關涉文藝」，實際上
內容相當廣泛，所展現的視野更為廣闊。與之後作家宣告「文學小
店」關門之後，其對這一領域的繼續關注，是「文抄公」之外，無論
興趣點還是切入方式，都與此有關。恰如曹聚仁所說的炎炎之火仍在
冷灰底下燃燒著。

　　有學者考證周作人關於陶淵明的引證與評述，集中在一九三四至
一九三六年，且以〈歸園田居〉、〈自祭文〉、〈擬挽歌辭〉等為中心，
推崇陶氏「看徹生死」，「乃千古曠達人」，其「以生前的感覺推想死
後況味」，「大有情致」。周作人稱謂這種「婉而趣」的生活態度，正
是其追慕的「閒適」，亦即「大幽默」的地方。在展開個人的審美享
受之餘，且提供給周作人一個掌握情文俱至的標準，以開拓極富創意
的知識途徑。

　　可以說，周作人早期文學與「文抄公」體階段的散文，基本具藝
術活動的創意與技藝結合的體悟。他的筆記體散文，大體上符合古典
文藝學範疇中「情」「志」的內在本質要素，就是詩歌（文章）要表
達人們的感情與抱負，體現抒情性方面的特徵。有學者認為周作人所
推崇的晚明小品與題畫文字、題跋的淵源展示了其與士大夫傳統的內
在聯繫的依據，而在三、四十年代，放棄民族氣節而明哲保身的時
候，他就將「性情」之情，轉為「情境」「情實」之情，轉向了所謂

「疾虛妄重情理」的載道之文。

　　誠然，相比起「情」「志」，「趣味」更能引起廣泛注意，在周作人的著作裡，「趣味」有被認為是十分突出的文學價值，也被認為是與林語堂一派有關聯的一個因素。古人品詩品文，尤特別推崇「趣味」。文學藝術要給人以充分的審美享受，趣味當不可或缺。孫郁認為周作人對明代文學的理解為例，他覺得周氏對明代文學的理解較林語堂、沈啟無等人來得深切，是有個人文化的憂慮存在的。孫郁在《走不出的門：從上世紀初到本世紀初》中認為周作人欣賞的角度恰巧在精神深處尋找到一種文化的呼應與契合，而這同時是自己的本色。這本色建立在個人的覺醒和構成個人主義理論非常重要的一環。「本色」仰賴作家與語言的互動，通過自我修習，練達的字詞經由長期磨練才得以成就。周作人廣讀諸子雜書，試圖證明他本色的特質，不局限於某家某派，不拘泥於某一門下，而達到與傳統的互動，自由地應用「本色」貫徹文學與知識。而周作人文學領域中的個人情志，某種程度已揚棄如教條派及理想派的研究方法，並且精煉、增強它帶給作家安身立命的觀點及態度。

　　由此觀之，周作人的投敵身分並不能掩蓋其文學史上的耀眼光芒和過人才氣。他半生的追求，背後有一個隱士驅動抉擇，而這個隱士背後，又埋藏了政治的焦慮與時代留下來的重擔。有了自覺，重擔可以放下，當時面對戰事危機，去留與否，不是關鍵，最重要的是知道心底裡所追求的是什麼，順心而行。

附錄四
從汪曾祺文學自傳談起

　　在二○二○年汪曾祺誕辰百年之際出版的《寧作我——汪曾祺文學自傳》（以下稱《寧作我》），從內容編排到書籍設計，打造了一部有特色的「文學自傳」。此書的特色，是採取「散落各處的自傳，被攏到了一塊兒」的形式，將汪曾祺散落在各處的一百二十九篇散文追憶、記事性質的文字，擷取與其人生經歷相關的記錄與見聞，以時間為順序呈現汪曾祺的一生。去其重複枝蔓而存其補遺增華，略加提點，精心編排，讓人在汪曾祺的「自報家門」的平易中又能體會「寧作我」的矯然不群。在汪曾祺筆下，文士名家與尋常百姓各有動人處，昔時風物與各地風俗皆意趣盎然。

　　汪曾祺是否寫過自傳？據編者考證，「散落各處的自傳，被攏到了一塊兒」的背景，有以下陳述，「一九九一年，汪曾祺應長春《作家》雜誌之約，寫了八篇『帶自傳、回憶性質的系列散文』總稱為『逝水』。汪曾祺說：『我本來是不太同意連續發表這樣的散文的，因為我的生活歷程很平淡，沒有什麼值得回憶的往事。《作家》固請，言辭懇摯，姑且應之。有言在先，先寫到初中生活，暫時打住。高中以後，寫不寫，什麼時候寫，再說。』」這部分內容對於了解汪曾祺人生經歷的讀者來說，肯定是不夠完整的。

　　關於書名，編者不願意從俗，不以「最後的士大夫」命之，而選擇汪曾祺很喜歡《世說新語》裡的一句話：「我與我周旋久，寧作我。」取其不矜持作態的人生態度，與眾不同。縱觀他的一生，一直在邊緣化行走，他的作品的藝術魅力，在時代的裂縫裡，以一種平

靜，一種內涵和一雙寬容溫柔的慈眉善眼，臉帶微笑去掉日常生活的粗鄙陋俗。

顯然，汪曾祺的散文，不拘一格，隨物賦形，述見聞、評文字，品美食，述交遊，幾乎談任何對象的散文隨筆裡，都有可能「撞」見他那「很平淡」的一生中所見所聞，林林總總。所以他的散文，直眉瞪眼開宗明義寫自己，並不太多，他的回憶，還是散在各種各樣的文字裡。將這些隨意為之的回憶片段，聯綴收攏起來，發現汪曾祺晚年最在意的，在散文中反覆書寫的，是高郵十九年，雲南七年。還有就是憶舊交遊的往事。

此書收錄的文章，從一九二〇至一九三九年汪曾祺的家鄉高郵與江南講起，在一九三九至一九四六年去昆明西南聯大讀書，一九四六至一九四八年轉道香港回到了上海，在一九四八至一九五八年到北京推動民間文學事業和成家生子，一直追溯到一九八〇至一九九七年十七、八年間在北京，寫作，出訪，講課，會友，書畫自娛娛人，美食聲名遠播，具體呈現汪曾祺的人生軌跡。這不僅提供閱讀現代文人周遊各地的足跡，也提供閱讀一個時代尋常人的生活背景。要說完整性，本書選取的內容雖為汪曾祺敘事性文字中最為有特色的部分，文字質量也高。若以汪曾祺的文字來了解汪曾祺，「文學自傳」似乎還有空間容納和編著有關作家其他文類性質的自傳性文字。因此，為了完整閱讀汪曾祺的人生，對汪曾祺文學作進一步了解的話，不能不從「打通」詩與小說散文的界限和書信述交遊方面切入，這樣才能更為全面呈現作家的風貌。

「詩」的精神與「打通」之說

有人說汪曾祺的散文比小說好。記人事、寫風景、談文化、述掌

故，兼及草木蟲魚、瓜果食物，皆有情致。間作小考證，亦可喜。娓娓而談，態度親切，不矜持作態。文求雅潔，少雕飾，如行雲流水。而他的小說同樣有以上的特色，只是他企圖「打破小說、散文和詩的界限」，並堅持「以為氣氛即人物」創意寫法，一直到晚年也沒有放棄。這揭示了汪曾祺散文的審美理想和文化意蘊。學者溫儒敏在《中國現當代文學專題研究》中說：「……汪曾祺的許多小說一直在陷阱的邊緣徘徊，太多的民俗或經驗、知識介入小說，很容易產生『掉書袋』的匠氣。可是，他妙就妙在藝術化地處理各種插入成分，這種順其自然的隨筆文體表面上看起來不像小說，可是，這些插入成分卻有機地完成了敘事功能，從而賦予作品一種自然恬淡的境界，營造了一個洋溢著濃郁地域風情的藝術世界，疏朗質樸、清雅溫馨。」這裡的「插入成分」，即是錢鍾書「打通」之說。不同的是，錢鍾書說的「打通」，是打通文藝批評、古今中西之間的界限。而汪曾祺在文學的野心是打通詩與小說散文的界限，造成一種嶄新的境界，全是詩。

　　因此，這給讀者以啟示，汪曾祺的文學，不論採用何種形式，其終極精神所寄託的是「詩」。汪曾祺的散文和小說，有著一種獨特的「通過看」世界的方式，這首先體現在審美理想上。其次，是表現在日常生活上。這兩方面都與他的觀看方式和民情經驗有關。正如《寧作我》中記汪曾祺「我從小喜歡到處走，東看看，西看看（這一點和我的老師沈從文有點像）。看的全是生活上的日常，這為接受的官能提供與自然最為多樣性的接觸。洪子誠則認為「汪曾祺的小說注重風俗民情的表現。既不特別設計情節和衝突，加強小說的故事性，著意塑造「典型人物」，但也不想把風俗民情作為推動故事和人物性格的「有機」因素。他要消除小說的「戲劇化」設計（包括對於情節和人物性格的刻意設計），使小說呈現如日常生活的自然形態。」

　　有論者說汪曾祺是最後一位士大夫型文人；又有人說他是能作文

言文的最後一位作家。若翻過他的《全集》，並未發現他有一兩篇文言作品，但為何會給人留下如此印象？這就不能不從他的語言運用，文字風格講起。是他的語言文字給讀者留下了濃郁而飄浮的特異氣氛的結果。汪曾祺曾說：「我很重視語言，也許過分重視了。我以為語言具有內容性。語言是小說的本體，不是外部的，不只是形式、是技巧。探索一個作者氣質、他的思想（他的生活態度，不是理念），必須由語言入手，並始終浸在作者的語言裡。語言具有文化性。作品的語言映照出作者的全部文化修養。語言的美不在一個一個句子，而在句與句之間的關係。」

如《寧作我》取〈我的家〉中的一節文字：「魚缸正北，一顆白丁香，一顆紫丁香。丁香之左，一片紫鳶。往南，墻邊一叢金雀花。」。另外在〈釣魚的醫生〉裡有「一庭春雨，滿架秋風」句。可以與〈天山行色〉中的「人間無水不朝東，伊犁河水向西流」比觀。偶然相遇，不禁有奇異的生疏而兼熟悉之感。寫出了環境、氣氛，既鮮明又經濟，而且讀來有音節、韻律之美，真是非常有力的手法。這就是汪曾祺之所以被稱為「最後一位士大夫」的原因。

汪曾祺小說詩化的結構，其中「貼到人物來寫」是受到老師沈從文的影響，這點汪朗在《寧作我》的序中也有提到。汪曾祺闡述的一點，就是「寫其他部分都要附麗於人物」。如說寫風景不能與人物無關。風景就是人物活動的環境，同時也是人物對周圍環境的感覺。《受戒》裡一開頭寫荸薺庵，引出當地當和尚的風俗。風景之下的人物活動，自自在在，自然率真。明海出家的過程、荸薺庵的生活方式、小英子一家的生活狀態，最後才出現明海受戒的場面，而且還是通過小英子的眼睛來寫的。而且，小說的插入成分裡還滾雪球似地向外滾動著其他插入細節，比如講庵中生活一段，順帶敘述了幾個和尚的情態，敘述精明的三師傅時又講到他的「飛鐃」絕技、放焰口時出

盡風頭、和尚與當地姑娘私奔風俗、帶點風情的山歌小調。可謂枝節
縱橫。這樣的布局就涉及了汪曾祺小說的另一特色：「散」。

　　汪曾祺說：「我的小說的另一個特點是：散，這倒是有意為之
的。我不喜歡布局嚴謹的小說，主張信馬由繮，為文無法。」「散」
的結構與寫意境、寫印象、寫感覺的語言文字結合，成就他的審美
追求。王安憶在《漂泊的語言》形容「汪曾祺老的小說，可說是頂容
易讀的了。總是最最平凡的字眼，組成最最平凡的句子，說一件最最
平凡的事情。……汪曾祺的故事裡都有著特殊事件，堪為真正的故
事，這種一般與特殊的結構上的默契，實是包含了一種對偶然與命運
的深透的看法，其實也是汪曾祺的世界觀了。」

書信述交遊的價值

　　據《寧作我》書中所記汪曾祺於一九四六至一九四八年間在香港
與上海的生活階段，擷取文章並不多，計有一九四六年的〈風景〉、
一九八五年的〈生機‧芋頭〉、一九八六年的〈讀廉價書〉、一九八八
年的〈自報家門〉、一九八九年的〈尋常茶話〉、一九九二年的〈舊病
雜憶〉和一九九三年的〈自序‧我的世界〉七篇。此時的汪曾祺雖然
不喜歡上海，逗留在香港的時間也短，但也不是沒有亮點。起碼汪曾
祺與黃永玉、黃裳結成「上海灘三傑」，一起泡咖啡館，談論文學藝
術時，必有所思所感。這從黃裳在《來燕榭文存二編》中有文章〈也
說汪曾祺〉回憶當時三人在一起的情景可知，「回憶一九四七年前後
在一起的日子。在巴金家裡，他實在是非常『老實』、低調的。他對
巴老（即巴金）是尊重的（汪曾祺第一本小說，是巴金給他印的），
他只是採取一種對前輩尊敬的態度。只有到了咖啡館中，才恢復了海
闊天空、放言無忌的姿態。月旦人物，口無遮攔。這才是真實的汪曾

祺。當然,我們(還有黃永玉)有時會有爭論,而且頗激烈,但總是
快活的、滿足的。」

黃裳在書中揚言個人以《故人書簡》為題寫過幾篇紀念汪曾祺的
文章,差不多每篇都全錄汪曾祺原信。他又憶起一次翻撿舊信,發現
汪曾祺舊箋兩通。一通是毛筆小字行書寫在一張舊紙上。時間當作於
一九四七年前後,引錄如下:

> 沈屯子偕友人入市聽打談者說楊文廣圍困柳州,城中內乏糧
> 餉,外阻援兵,戚然誦嘆不已。友拉之歸,舊夜念不置,曰,
> 文廣圍困至此,何由得解。以此邑邑成疾。家人勸之相羊坰
> 外,以紓其意。又忽見道上有負竹入市者,則又念曰,竹末甚
> 銳,道上人必有受其戕者。歸益猶病。家人不得計,請巫。巫
> 曰,稽冥籍,若來世當輪迴為女身,所適夫姓麻哈,回夷族
> 也。貌陋甚。其人益憂,病轉劇。友來省慰曰,善自寬,病乃
> 愈也。沈屯子曰,君欲吾寬,須楊文廣解圍,負竹者抵家,麻
> 啥子作休書見付乃得也。夫世之多憂以自苦者,類此也夫!十
> 月卅日拜上多拜上黃裳仁兄大人吟席:仁兄去美有消息乎?想
> 當在涮羊肉之後也。今日甚欲來一相看,乃捨妹來滬,少不得
> 招待一番,明日或當陪之去聽言慧珠,遇面時則將有得聊的。
> 或亦不去聽戲,少誠懇也。則見面將聊些甚麼呢,未可知也。
> 飲酒不醉之夜,殊寡歡趣,胡扯談,莫怪罪也。慢慢頓首。

這是一通怪信,據黃裳所說,汪曾祺先抄了一篇不知從什麼筆記看來
的故事,他也不清楚有什麼寓意。估計汪曾祺當時經李健吾介紹,在
上海一間私立的致遠中學任教,晚上寂寞,飲酒不醉,抄書,轉而為
一封信。亟欲與黃裳晤面,是最為期望的事。信中懸揣快談的愉樂,

不可掩飾。從這裡可以想見汪曾祺與友人的平居生活場景。而抄書的行徑，頗類似周作人「文抄公」之體。

　　據《寧作我》書中所記，汪曾祺在香港與上海的兩年內筆耕不輟，他積攢了一批小說，一九四九年由巴金主持的文化生活出版社出版了第一本短篇小說集《邂逅集》。這在黃裳的文集《來燕榭文存二編》的〈曾祺在上海的時候〉文章，也有據實記載。

　　《汪曾祺全集》所收書信並不多。就以這個時期為例。據黃裳記載，汪曾祺離開上海遠赴北京，途中及抵京後曾寫有許多長信給他。上世紀八十年代初，黃裳曾以數通信轉交某刊物，這些都是絕妙的好散文。

　　毋庸諱言，「文學自傳」要完整呈現作家全貌，書信是必不可少的材料，可以保存他的文字原貌，是想要刪減也不容易。一封短信，內容卻豐富，把作家的近況交代清楚。同時可知道其人情緒，言下是否「自喜」，對未來的寫作方向，抑或對人事放言批評。這些都是書寫「文學自傳」的重要參考資料。

附錄五
「文學清單」實踐應用探索
——以林語堂為例

　　義大利博學大師安伯托・艾可（Umberto Eco）有個人的「清單」怪癖。他說在開始寫小說時，還沒有覺察到那麼喜歡清單。在寫過五部小說以及其他一些文學創作之後，他以為可以列出一份全面的包含諸多「清單的清單」。

　　美國學者羅伯特 E. 貝爾納普（Robert E. Belknap）在他的著作 *The List* 中認為「實用性的」清單其實可以延伸到無限，例如我們去商店的路上還能不斷在購物單中加入新的內容。反而是他所謂的「文學性的」清單是封閉性的，因為含括這些清單的文學作品在形式上受到諸如格律、押韻、十四行詩格式等的限制。但艾可卻不這麼認為，如果我們說實用的清單指定的是存在於某一刻的一系列有限的事物，那它們必然是有限的。他以電話簿作為例子，二〇〇八年的電話和二〇〇七年的相比只是另一份清單，它們可以不斷增訂。在這個意義之下，文學上的清單，以《關鍵詞200》為例，對文化與批評研究領域裡出現頻率較高的兩百個詞彙進行了界定和解說。它可跟隨時代研究趨勢，針對演繹理論與實踐途徑的同時不斷增訂。

　　貝爾納普首先檢查了幾個世紀以來的清單，從蘇美爾式帳本（按：指楔形的跡象名單 List of cuneiform signs）和荷馬的船型目錄，到湯姆・索亞從籬笆塗漆（出自馬克・吐溫的作品《湯姆歷險記》〔*The Adventures of Tom Sawyer*〕）方案獲得的收益，然後重點研究了四位美

國文藝復興時期作家的作品：愛默生（Ralph Waldo Emerson）、惠特曼（Walt Whitman）、梅爾維爾（Herman Melville）和梭羅（Henry David Toureau）。清單在愛默生的論文，惠特曼的詩，梅爾維爾的小說和梭羅的回憶錄中具有多種功能，而貝爾納普則討論了它們令人驚訝的樣式、意圖、範圍，藝術甚至哲學。除了指導讀者了解清單的多種用途之外，這本書還探討了清單所帶來的樂趣。由此，引發了是次透過清單的形式，實踐這種實用性和開放性教學應用的特色，並以林語堂作為範例，探索清單教學的可能性。

實用性的文學清單

我們必須先區分兩種清單。一種是「實用的」或是「務實的」，另一種是「文學的」、「詩性的」或是「審美的」。最後一個形容詞包含的範圍意義比前兩個更廣泛，道理在於清單不僅有文字，而且有圖片，屬於視覺的、音樂的和人體動作的，後者或可以武術功架圖解為例證。

一份實用的清單可以是購物單、圖書館目錄、任何一個地方（如辦公室、檔案室、博物館）的庫存或收藏清單、餐館菜譜，甚至可以是一本記錄某種特定語言所有詞彙的辭典。這樣的清單具有純粹的參照功能，因為清單上列出的各項都有對應的實體。如果這些實體並不存在，那只能說這份清單是份錯誤的文檔。實有的清單記錄的是存在的事物，實際在某處存在著，它們是有限的，而且不能輕易更改，就好像展覽廳展品目錄印發時，不會加入一幅該展覽館沒有預先收藏的展品畫作，因為這樣是毫無意義的。

我們尚且以新文學時期，西方文論被引入中國時的情況為例。實用的清單以它們自有的方式代表了一種形式，因為它們給一組物體帶

來了整體性。無論這組物體彼此多麼不同，它們被引述都經受一種語境壓力。這裡透過郭沫若在一九二三年一篇對西方文學未來主義文學流派的評介──〈未來派的詩約及其批評〉中對馬里內蒂詩歌所用的手法，來看當時這種清單式的語境壓力，「只是一幅低級的油畫，反射的客觀的謄錄」。以下是整首詩的內容：

《戰爭》（重量＋臭氣）

正午　S-4笛　尖銳的叫聲　擁抱　縶縶　嘩嘩　含嗽

破　爆　前進　倒　囊　槍　蹄　釘　炮　鼠　車

輜重　猶太人　果實　塗油麵包　俗謠　小店　呼吸氣

光輝　眼脂　惡臭　天竺肉桂　淡白無味　滿潮　退潮

胡椒　喧囂　跳蚤　旋風　倦怠的金絲網　象棋　牌

茉莉＋蔻仁＋玫瑰　東洋畫　鈿工　獸屍　怒髮上指＋敝履

機關槍＝鐮轆＋回瀾＋群蛙　劍聲　囊　槍　炮

鐵屑　空氣＝彈丸＋火山石＋百分之三的惡臭＋五十分的香

石臼　毛毡　遺骸　馬糞　馬屍　辟裡拍拉　堆積

駱駝　小馬　混沌　污瀦

郭沫若認為「詩不依文法，信號式的，不定形的動詞，諧聲字，數學的記號，……應有盡有。但是我們終竟不知道他究竟感得了些什麼。我們只接到了一通脫碼甚多的電報，曉得在什麼地方起了這麼一場戰爭，如是而已。這兒沒有人生的批評，沒有價值的創造，沒有作家的觀點」。這首詩呈現的語境壓力是「不連貫的想像」。它們之所以互相有關聯，只是因為它們都在同一個地方，或是因為它們合在一起代表了某一個項目的目標。

　　語境壓力同樣出現在經典整理方面。鄭振鐸的《中國文學常識》

在二〇一九年出版時，目錄前的凡例，均以現代漢語標準用法統一修訂，如：「發見」改「發現」，「精采」改「精彩」，「身份」改「身分」，「琅邪」改「琅琊」，「甚么」改「什么」，「衣著」改「衣着」，「虾蟆」改「蛤蟆」，「真珠」改「珍珠」，「原故」改「緣故」，「記算」改「計算」，「摹仿」改「模仿」，「胡胡涂涂」改「糊糊涂涂」等。

可以看到一方面因應時代的變遷，另一方面根據現代閱讀習慣及漢語規範，從標點到字句再到格式等，對原版行文明顯不妥處酌情勘誤和修訂。這是出版社確定擬定清單的標準，一份實用清單的內容永遠不會是不和諧的。

開放性的文學清單

文學史上極盡能事列舉各類物事清單的例子比比皆是。有時那些物件以文字為遊戲，如晚清小說《蘭花夢》記載複雜的酒令，透過文字遊戲進行籌令。其籌令分為三組，以六種人在六種地點做六種事，錯綜配合為遊戲：

> 六種人是：紈袴子　老僧　佳人　屠夫　妓女　叫花
> 六種地點是：官道　方丈　閨閣　大街　紅樓　墳塋
> 六種所做的事是：騎馬　念經　刺繡　打架　調情　睡覺

每人隨意從這三組中各抽一組，然後將人地事配合起來，往往成為滑稽可笑的事情。例如老僧在閨閣中調情，妓女在墳塋中念經，叫花在紅樓中睡覺，屠夫在官道上刺繡，佳人在方丈中打架等等，都可以拿來當報紙的絕妙標題。

不過，作家列清單不外乎有兩種情況，一是他們要描繪的一組東

西範圍太廣，讓他們無法完全把握。二是他們喜歡上了一組東西的名稱悅耳的發音。在第二種情況下的清單關注的不再是所指對象和所指，而是能指。在《少年維特的煩惱》的序引中，郭沫若曾說：

> 我在此書中，所有共鳴的種種思想：
> 第一，是他的主情主義；
> 第二，便是他的泛神思想；
> 第三，是他對於自然的讚美；
> 第四，是他對於原始生活的景仰，
> 第五，是他對於小兒的尊崇。

這些都是歌德所以成為浪漫詩人的地方，而對於這種思想的共鳴，恰好可以提供給郭沫若證明他也是個浪漫派詩人。因此，這份清單有開放性的文學價值和指稱的功能。

現代作家作品能指的例子還有胡風的〈張天翼論〉。胡風在〈張天翼論〉裡面以具有現實主義原則為依據，評論張天翼的創作，他認為張天翼是從當時文壇上虛假的現實主義和頹廢的浪漫主義中脫穎而出的一個新人。胡風說：「天翼就帶著一副『新』的面貌出現了」：

> 那新的面貌是什麼呢？
> 個人主義的虛張聲勢沒有了；
> 使人厭倦的感傷主義由平易的達觀氣概代替了；
> 「戀愛＋革命」的老調子擺脫了；
> 理想主義的氣息消散了；
> 道德的糾紛被丟開了；
> 人工製造的「熱情」沒有影子了。

在他底作品裡面能夠看到的是——

知識人底矛盾，虛偽，動搖，和絕路中的生路（〈三天半的
夢〉、〈報復〉、〈從空虛到充實〉、〈三弟兄〉）；知識人在「神聖
戀愛」裡面現出的醜相（〈報復〉）；殉教者底側影（〈從空虛到
充實〉）；大眾底硬朗而單純的面貌（〈搬家後〉、〈三老爺與桂
生〉，〈二十一個〉）等。

胡風試圖以張天翼為個案，針對此前持續多年的「革命文學」中的種
種創作偏向給予分析和批駁。此為他考察的許多個案中，暗示人物
「新」的面貌數量不太重要，更重要的是以不斷聚集的方式顯示人物
創作的屬性，而且經常純粹是出於列清單者對於反覆申述的喜悅。

文學枚舉的修辭法

一般說來，構成不同形式清單的基礎是累積（accumulations），
也就是將屬於同一概念範疇的詞語調整順序、並排列出。有一種累積
的方式叫枚舉，文學中的清單可以互不相同的意象來描述。陸蠡散文
最出神入化的〈讖〉，只從一絲縈念的線頭，竟抽出了一篇唯美而又
多情的絕妙小品：

曾有人惦記着遠方的行客，痴情地凝望着城際的雲霞。看它幻
化為舟，為車，為騎，為輿，為橋樑，為棧道；為平原，為崇
嶺，為江河，為大海，為渡頭，為關隘，為桃柳夾岸的御河，
為轍跡縱橫的古道，私心囑咐着何處可以投宿，何處可以登
船，何處不應久戀，何處宜於勾留，復指點着應如何遲行早
宿，趨吉避凶……

這樣的美文清單，可稱為讚頌性的（panegyric）或頌揚性的（encomiastic）清單。作者全然投入之際，才一轉瞬，方寸之間開闢出如何的氣象。

歐陽子的《王謝堂前的燕子》對白先勇的小說集《臺北人》進行研究分析的論著為例。歐陽子最早對此進行系統性的綜合研究，她將書中十四篇小說看作一個有機的整體，企圖由此探討作家的人生觀和宇宙觀。她用「今昔之比」、「靈肉之爭」、「生死之謎」去討論清單中互不相同的主題命意。她認為不管小說中寫了多少人，其實只有兩個主角，一個是「過去」，一個是「現在」。「過去」代表的青春、秩序、敏銳、傳統、精神、愛情、靈魂、榮耀、美、理想與生命。而「現在」代表的歲暮、混亂、麻木、西化、物質、色欲、肉體、委瑣、醜、現實與死亡。

在兩者的分界線中，歐陽子看到白先勇的國家觀、社會觀、文化觀和個人觀等。與此相應，靈和肉、生和死都與昔和今互相印證、互相認同、互相對照，三層一體，共同勾連出白先勇小說的內層鎖鏈，並由此指出白先勇是個「相當消極的宿命論者」。

另外一種累積的方式是堆積（congeries），一連串意義相同的字詞或語句以多如繁星的方式複製同樣一個中心思想。這種修辭方法和「演說式的發揮」的基本道理是相呼應的。文學中的作品幾乎強調作者的主體意識，同時又充分信賴讀者的感受能力，願意和讀者共同完成對某種生活的準確印象，有時作者只是羅列一些事物的表象，稍加組織，不置可否，由讀者自由去完成畫面，注入情感。如「雞聲茅店月，人跡板橋霜」，又如「枯藤老樹昏鴉，小橋流水人家，古道西風瘦馬」。這種超越理智，有時是訴諸直覺的語言。如汪曾祺的〈釣人的孩子〉：

抗日戰爭時期，昆明小西門外。

米市，菜市，肉市。柴馱子，炭馱子。馬糞。粗細瓷碗，砂鍋鐵鍋。燜雞米線，燒餌塊。金錢片腿，牛干巴。炒菜的油煙，炸辣子的嗆人的氣味，紅黃藍白黑，酸甜苦辣鹹。

如此這般的日常市集等等。汪曾祺筆下普通市民的生活就是這樣的。

　　與此稍有不同的一種累積形式是遞增（incrementum），又稱為漸入高潮（climax）或者漸進（gradatio）。儘管清單中各項牽涉的概念範圍都一樣，但每一步它們說的內容都會多一些，或者強度會大一些。如蕭乾讀黃谷柳《蝦球傳》得到的啟示是，「我的心還是徘徊在這個流浪兒的身邊。滿港九的街頭我看到他：淘氣的使我想到他；窮的、偷的，使我想到他；坐在街頭拿虱子，臉上可是一片嚴肅向上氣的乞兒，更使我想到他；紅磡、旺角、銅鑼灣，那些地名好像都因為『蝦球』的蹤跡而變得有了意義。」

　　修辭中的枚舉法還包括首語重複法（anaphora）、連接詞省略法（asyndeton）和連接詞疊用法（polysyndeton）。首語重複法指的是同一個單詞重複出現在每一個短語或每一句詩行的開頭。這並不總是會構成一份我們通常意義上的清單。如余華的《許三觀賣血記》裡有這麼一段描寫：

他就這麼獨自笑着走出了家門，走過許玉蘭早晨炸油條的小吃店；走過了二樂工作的百貨店；走過了電影院；走過了城裡的小學；走過了醫院；走過了五星橋；走過了鐘錶店；走過了肉店；走過了天寧寺；走過了一家開張的服裝店；走過了兩輛停在一起的卡車；然後，他走過了勝利飯店。

這是一個完美的首語重複的例子，首語「走過了」不斷地重複。

連接詞省略法是在一系列詞語、短句之間刪除連接詞的修辭手法。張愛玲的《更衣記》其中一段有很好的例子：

> 初冬穿「小毛」，如青種羊、紫羔、珠羔；然後穿「中毛」，如銀鼠、灰鼠、灰脊、狐腿、甘肩、倭刀；隆冬穿「大毛」，——白狐、青狐、西狐、玄狐、紫貂。

連接詞疊用法和連接詞省略法正相反，句子中所有組成部分都用連接詞連接起來。如朱自清概括小品文在文學表現上「或描寫，或諷刺，或委曲，或縝密，或勁健，或綺麗，或洗煉，或流動，或含蓄」的特質。

林語堂清單中的人、事和地點

儘管藝術技巧會帶來諸多限制，但「文學性的」，即詩性的清單以其「潛在的無限性」，成為作者重新築造世界的方式。文學的清單是開放性的，我們幾乎可以想見，在每一份文學性的清單後都可以加上「等等」兩字。它們的目的是揭示人、物、事件的無限性，原因有兩點：一是開列清單的作家意識到事物的數量太大，無法盡數記載；二是無窮無盡的枚舉給作家帶來愉悅，有時純粹是聽覺上的愉悅。如劉燁園在〈新藝術散文札記〉中說：

> 人們不知已經發現和經受了多少自身的煎煉，社會正在進化得多麼眼花繚亂，各種信息和矛盾攪得人多麼坐臥不寧，靈魂湧起了多少幾乎囊括油燈、茅屋、都市、霓虹、金錢、科技、山

> 水、社會、城南舊事、留洋南下、民俗歐風、聖誕、復活、三
> 月三、春節、中秋、情人節、空虛、孤獨、熱鬧、寂寞、愛
> 恨、掙扎、痛快、渲洩、卡拉OK、去它媽的等等混亂的交織
> 和對比，這是生活的真實也是藝術的真實

上述清單是錯綜複雜的目錄，暗示著作者沉默的希望：也許最終會找
到一種形式（form），給一大堆隨機的偶然之物帶來秩序。

在現代作家作品中，林語堂的小說和小品散文到處散發著清單的
「嫌疑」。他提倡散文小品應有的「閑適筆調」和「個人筆調」。這種
筆調「猶如良朋話舊、私房娓語」，「筆墨上極輕鬆，真情易於流
露」。也許，林語堂是一個專注於列表的文學帳戶，他頗為成功的透
過閑適筆調「大量鋪排」清單，充分表現自我的真性情和為文風格。
所以他說：「此種小品文，可以說理，可以抒情，可以描繪人物，可
以評論時事，凡方寸中一種心境、一點佳意，一股牢騷，一把幽情，
皆可聽其由筆端流露出來」。如〈我辦《論語》〉中有這麼一句話：
「現在文學中好像就沒聽見聲音洪亮的喊聲，只有躲在黑地放幾根冷
箭罷了。但人之心理，總是自以為是，所以吮癰之癖。自己萎弱，惡
人健全；自己惡動，忌人活潑；自己飲水，嫉人喝茶；自己呻吟，恨
人笑聲，總是心地欠寬大所致。」這是作者提出清單，作為例證或暗
示，餘下的讓讀者自己去想像。

有時候，面對人生無盡的物、事需要提及，作家在無以名狀的處
境時，決定與其羅列一連串名字以彙編一份不完整的清單，還不如花
筆墨來表達處境的狂喜。為了把人類進步和歷史變遷明確表示出來，
林語堂在〈人生之研究〉中運用列表形式傳達「現實」、「夢想」和
「幽默」的公式：

「現實」減「夢想」等於「禽獸」

「現實」加「夢想」等於「心痛」（普通叫做「理想主義」）

「夢想」加「幽默」等於「現實主義」（普通叫做「保守主義」）

「夢想」減「幽默」等於「熱狂」

「夢想」加「幽默」等於「幻想」

「現實」加「夢想」加「幽默」等於「智慧」

這樣看來，智慧或是最高型的思想，它的形成就是在現實的支持下，用適當的幽默感把林語堂心目中的夢想或理想主義調和配合起來。他在這篇文章中，同樣以列表形式做例，以「現」字代表「現實感」，「夢」字代表「夢想」，「幽」字代表「幽默感」——再加上一個重要的成分——「敏」字代表「敏感性」，再以「四」代表「最高」，「三」代表「高」，「二」代表「中」，「一」代表「低」。以類似化學的公式推論作家和詩人的特質：

莎士比亞——現四　夢四　幽三　敏四

德國詩人海涅（Heine）——現三　夢三　幽四　敏三

英國詩人雪萊（Shelley）——現一　夢四　幽一　敏四

美國詩人愛倫・坡（Poe）——現三　夢四　幽一　敏四

李白——現一　夢三　幽二　敏四

杜甫——現三　夢二　幽二　敏四

蘇東坡——現三　夢二　幽四　敏三

從文學角度看，林語堂這些「科學的」公式嘗試為他提供了一種「大量鋪排」的模式。確實，他使用這樣的清單的目的，正是為了顛覆僵化呆板的寫作規程。有時它們微不足道但同時又至關重要。如〈人類

是唯一在工作的動物〉中描述兩夫妻生活雖快樂但單調，因此容易患「神經衰弱症啦，吃阿司匹林藥片啦、患貴族病啦，結腸炎啦，消化不良啦，腦部軟化啦，肝臟變硬啦，患十二指腸潰爛症啦，患腸部撕裂症啦，胃動作過度和腎臟負擔過重啦，患膀胱炎啦，患肝臟損壞症啦，心臟脹大啦，神經錯亂啦，患胸部平坦和血壓過高啦，還有什麼糖尿病、腎臟炎、風濕麻痺、失眠症、動脈硬化症、痔瘡、瘻管、慢性痢疾、慢性便秘、食欲減退和生之厭倦等，真是比比皆是。」

　　有時不同的地方，容納了作者難以名狀的感情。林語堂〈樂園失掉了嗎〉行文多處讚嘆不可思議的宇宙，將大自然的景色、聲音、氣息和味道調和，表達他對這個地球行星的崇敬。這是其中一段：

　　　　上帝以為他這個生物的性情不很柔和，需要比較興奮的景色，
　　　　所以便帶他到洛磯山頂，到大峽谷，到那些有鐘乳石和石筍的
　　　　山洞，到那時噴時息的溫泉，到那有沙岡和仙人掌的沙漠，到
　　　　喜馬拉雅山的雪地，到揚子江水峽的懸崖，到黃山上的花崗石
　　　　峰，到尼格拉瀑布的澎湃的急流，問他說，上帝難道沒有盡力
　　　　把這個行星弄得很美麗，以娛他的眼睛、耳朵和肚子嗎？

最終，我們在〈樂園失掉了嗎〉裡看見了所有地點之最：整個地球。它是一份完備的大自然清單──有著一種完美，幾乎是神秘的協調在任何地方、事物和聲音、氣息的清單。

　　　　第一，這裡有晝和夜的遞變，有早晨和黃昏，涼爽的夜間跟在
　　　　　　炎熱的白晝的後邊，沉靜而晴朗的清晨預示著一個事情
　　　　　　忙碌的上午：宇宙間真沒有一樣東西比此更好。
　　　　第二，這裡有夏天和天的遞變，這兩節季本身已經是十全十美

了，可是還有春天和秋天可以逐漸地把它們引導出來，使它們更加完美：宇宙間真沒有一樣東西比此更好。

第三，這裡有沉靜而莊嚴的樹木，在夏天使我們得到陰影，可是在冬天並沒有把溫暖的陽光遮蔽了去：宇宙間真沒有一樣東西比此更好。

第四，這裡在十二個月的循環中，有盛開的花兒和成熟的果實：宇宙間真沒有一樣東西比此更好。

第五，這裡有多雲多霧的日子，也有明朗光亮的日子：宇宙間真沒有一樣東西比此更好。

第六，這裡有春天的驟雨，有夏天的雷雨，秋天的乾燥涼爽的清風，也有冬天的白雪：宇宙間真沒一樣東西比此更好。

第七，這裡有孔雀、鸚鵡、雲雀和金絲雀唱著不可模擬的歌兒：宇宙間真沒有一樣東西比此更好。

第八，這裡有動物園，其中有猴子、老虎、熊、駱駝、象、犀牛、鱷魚、海獅、牛、馬、狗、貓、狐狸、松鼠、土撥鼠以及各色各樣的奇特的動物，其種類之多是我們想像不到的：宇宙間真沒有一樣東西比此更好。

第九，這裡有虹霓燈、劍魚、白鰻、鯨魚、鰷魚、蛤、鮑魚、龍蝦、小蝦、蠵龜以及各色各樣的奇特的魚類，其種類之多是我們想像不到的：宇宙間真沒有一樣東西比此更好。

第十，這裡有雄偉的美洲杉樹、噴火的火山、壯麗的山洞、巍峨的山峰、起伏的山脈、恬靜的湖沼、蜿蜒的江河和多蔭的水涯：宇宙間真沒有一樣東西比此更好。

這種可以配合個人口味的菜單，簡直是無窮盡的。清單的主題──這個例子中是屬於地球的大自然界各種物類，並不重要，重要的是枚舉的綿綿不絕。一個好的清單唯一真正的目的是傳達一種「宇宙間真沒有一樣東西比此更好」及「如此等等」給人帶來的美好。

林語堂小品文〈魯迅之死〉的最後一段，也採用清單形式，羅列了魯迅凡事好「興嘆」：

> 然魯迅亦有一副大心腸。狗頭煮熟，飲酒爛醉，魯迅乃獨坐燈下而興嘆。此一嘆也，無以名之。無明火發，無名嘆興，乃嘆天地，嘆聖賢，嘆豪傑，嘆司閽，嘆佣婦，嘆書賈，嘆果商，嘆黠者、狡者、愚者、拙者、直諒者、鄉愚者；嘆生人、熟人、雅人、俗人、尷尬人、盤纏人、累贅人、無生趣人、死不開交人，嘆窮鬼、餓鬼、色鬼、讒鬼、牽鉆鬼、串熟鬼、邋遢鬼、白蒙鬼、摸索鬼、豆腐羹飯鬼、青胖大頭鬼。於是魯迅復飲，餓而額筋浮漲，睚眦欲烈，鬚髮盡豎；靈感至，筋更浮，眦更裂，鬚更豎，乃磨硯濡毫，呵的一聲狂笑，復持寶劍，以刺世人。火發不已，嘆興不已，於是魯迅腸傷，胃傷，肝傷，肺傷，血管傷，而魯迅不起，嗚呼，魯迅以是不起。

儘管這份悼文清單近似幽默，但它讓人們感慨萬千，確實說出了魯迅的處世和性情。可以說，知魯迅者莫若林語堂。

清單作為一種文學手段，有些是根據本質（essence）來認知和定義事物。事實上，我們不大會以本質定義事物，通常的做法是列出屬性的清單。這是為什麼所有那些通過一系列非限定性屬性定義事物的清單，似乎更接近我們在日常生活中定義和辨明事物的方式，雖然這些清單表面上看不夠穩定。如小說《京華煙雲》中對姚思安婚前花天

酒地、膽大妄為生活的形容：

> 他的生活，對他的家庭而言，是烏煙瘴氣的段黑暗日子。他喝
> 酒、賭錢、騎馬、擊劍、打拳、玩女人、養歌女、蓄娼妓、浪
> 蕩江湖、結交公卿。但是他忽然改變了。

林語堂的物質清單無所不包，完全開放。可以說，他成功運用這個方
法構建貝爾納普提到的「更加民主的分類系統」。又如《京華煙雲》
中木蘭陶醉在北京城內的生活為例，她聽到的聲音，看到的情景，有
這麼一段描寫：

> 可以看見婚喪大典半里長的行列，官轎以及它的跟班和隨從。
> 可以看見旗裝的滿洲女人和來自塞外沙漠的駱駝隊，以及雍和
> 宮的喇嘛，佛教的秋尚，變戲法中吞劍的、叫街的，與唱數來
> 寶和蓮花落的乞丐，叫花子與仁厚的花子頭兒、竊賊與竊賊的
> 保護者，清朝的官員，退隱的學者，修道之士與娼妓，講義氣
> 的青樓艷妓，放蕩的寡婦，和尚的外家，太監的兒子，玩票唱
> 戲的和京戲迷，還木有誠實懇切風趣詼諧的老百姓，各安其
> 業，各自遵守數百年不成文的傳統規矩。

它們看上去都可以無窮無盡地擴展延伸。再如木蘭嫁給曾蓀亞婚禮前
後，更是清單處處，作者不想讓這份清單戛然而止。以下是一個例子：

> 婚禮的日子越來越近，要準備的事情實在繁多，電報局的職員
> 有一部分借來幫忙，有些山東的親戚、山東同鄉會的職員，在
> 婚禮舉行之前就來到曾府住了一個禮拜。大家分配事情做，有

些人送喜帖，有些人收禮金禮物，有些人登記禮金禮物，有些人記賬，發放送禮的僕人賞錢，有些人去僱戲班子和唱大鼓、說書、雜耍的藝人等，安排花轎在街上進行的執事旗、牌、羅、傘等，還給他們租行頭，安排花轎，找飯莊子辦筵席，從同鄉會借家具，等等等等，一言難盡。

也許，林語堂和安伯托・艾可一樣認為清單有其存在的理由，是因為非常喜歡聲響帶來的純粹的愉悅。此外，我們可以利用比喻來發掘已知事物之間的未知事物之間的未知關係。成功運用這個方法需要構建一個儲存已知資料的庫藏。林語堂在這個庫藏的基礎上，運用充滿想像力的比喻手法來發現事物之間新的相似之處，它們之間的紐帶和密切的聯繫。如〈生物學上的問題〉：

> 如果不能生育由於身體上的關係，那麼，那個身體是退化的，是錯誤的；如果不能生育是為了生活程度太高，那麼，生活程度太高是錯誤的；如果不能生育是為了婚姻的標準太高，那麼，婚姻標準太高是錯誤的；如果不能生育是由於一種個人主義的荒謬哲學，那麼，那種個人主義的哲學是錯誤的；如果不能生育是由於社會制度的整個機構，那麼，那個社會制度的整個機構是錯誤的。

如此「絕妙」的構想，帶給林語堂欣喜自得的是「揭示隱蔽在不同範疇的事物，在它們之間進行比較」。換句話說，林語堂能夠發掘各種共同點和相似點，而如果每一樣事物都被呆板地歸入各自的範疇，這些共同點和相似點就不會得到關注。

必須指出，林語堂是現代作家行列中，充分運用清單形式寫作的

文人。他的作品具有吸引力和可讀性，吸引讀者的注意，以及通常對
列表主題感興趣的人。

文學研究叢書‧現代文學叢刊 0806010

藝術‧文物‧倫理——沈從文的博物文化之旅

作　　者	陳慧寧
責任編輯	官欣安
特約校稿	林秋芬

發 行 人	林慶彰
總 經 理	梁錦興
總 編 輯	張晏瑞
編 輯 所	萬卷樓圖書股份有限公司
	臺北市羅斯福路二段 41 號 6 樓之 3
	電話 (02)23216565
	傳真 (02)23218698

發　　行	萬卷樓圖書股份有限公司
	臺北市羅斯福路二段 41 號 6 樓之 3
	電話 (02)23216565
	傳真 (02)23218698
	電郵 SERVICE@WANJUAN.COM.TW
香港經銷	香港聯合書刊物流有限公司
	電話 (852)21502100
	傳真 (852)23560735

ISBN 978-986-478-602-2
2022 年 5 月初版
定價：新臺幣 280 元

如何購買本書：

1. 劃撥購書，請透過以下郵政劃撥帳號：
   帳號：15624015
   戶名：萬卷樓圖書股份有限公司
2. 轉帳購書，請透過以下帳戶
   合作金庫銀行 古亭分行
   戶名：萬卷樓圖書股份有限公司
   帳號：0877717092596
3. 網路購書，請透過萬卷樓網站
   網址 WWW.WANJUAN.COM.TW

大量購書，請直接聯繫我們，將有專人為您服務。客服：(02)23216565 分機 610

如有缺頁、破損或裝訂錯誤，請寄回更換
版權所有‧翻印必究
Copyright©2022 by WanJuanLou Books CO., Ltd.
All Rights Reserved　　　**Printed in Taiwan**

國家圖書館出版品預行編目資料

藝術.文物.倫理 ：沈從文的博物文化之旅
/陳慧寧著. -- 初版. -- 臺北市 ： 萬卷
樓圖書股份有限公司，2022.05
　面 ； 　公分. --（文學研究叢書. 現代
文學叢刊 ； 806010）
ISBN 978-986-478-602-2（平裝）
1.CST：沈從文 2.CST：文學理論 3.CST：
文學評論
848.6　　　　　　　　　　　111000395